MANTRA SAGAR (P-3)

IMPORTANT MANTRA FOR LORD KRISHNA

DEBO PRASAD MUKHERJEE
SURA PRASAD MUKHERJEE

Made with ♥ on the Notion Press Platform
www.notionpress.com

Contents

Preface

Shri Ram Prithiyartam

कायेन वाचा मनसेंद्रियैर्वा
बुध्यात्मना वा प्रकृतेः स्वभावात् ।
करोमि यद्यत् सकलं परस्मै
नारायणायेति समर्पयामि ॥

kāyena vācā manasemdriyairvā
budhyātmanā vā prakṛteḥ svabhāvāt .
karomi yadyat sakalaṃ parasmai
nārāyaṇāyeti samarpayāmi ..

Whatever I do either by body, speech, mind or sensory organs, either with my personal knowledge or natural trait, I surrender and submit all to that to supreme divine Narayana.

CHAPTER ONE

RADHA STOTRAM

grhe rādhā vane rādhā rādhā pṛṣṭhe puraḥ sthitā
yatra yatra sthitā rādhā rādhaivārādhyate mayā
    jihvā rādhā śrutau rādhā rādhā netre hṛdi sthitā
sarvāṅga-vyāpinī rādhā rādhaivārādhyate mayā
    pūjā rādhā japo rādhā rādhikā cābhivandane
smṛtau rādhā śiro rādhā rādhaivārādhyate mayā
    gāne rādhā guṇe rādhā rādhikā bhojane gatau
ratrau rādhā divā rādhā rādhaivārādhyate mayā
    mādhurye madhurā rādhā mahattve rādhikā guruḥ
saundarye sundarī rādhā rādhaivārādhyate mayā
    rādhā rasa-sudhā-sindhu rādhā saubhāgya-mañjarī
rādhā vrajāṅganā-mukhyā rādhaivārādhyate mayā
    rādhā padmānanā padmā padmodbhava-supūjitā
padme vivecitā rādhā rādhaivārādhyate mayā
    rādhā kṛṣṇātmikā nityaṁ kṛṣṇo rādhātmako dhruvam
vṛndāvaneśvarī rādhā rādhaivārādhyate mayā
    jihvāgre rādhikā-nāma netrāgre rādhikā-tanuḥ
karṇe ca rādhikā-kīrtir mānase rādhikā sadā
    kṛṣṇena paṭhitaṁ stotraṁ rādhikā-prītaye param
yaḥ paṭhet prayato nityaṁ rādhā-kṛṣṇāntigo bhavet
    ārādhita-manāḥ kṛṣṇo rādhārādhita-mānasaḥ
kṛṣṇākṛṣṭa-manā rādhā rādhā-kṛṣṇeti yaḥ paṭhet

CHAPTER TWO

PURUSHA SUKTAM

harih-om|sahasráśīrṣā purúṣaḥ । sahasrākṣa-ssahasrápāt
।

sa bhūmim viśvató vṛtvā । atyátiṣṭhaddaśáṅgulam ॥

purúṣa ēvēdagm sarvam । yadbhūtam yachcha bhavyam ।

utāmṛtatva syēśắnaḥ । yadannēnātirōhắti ॥

ētāvắnasya mahimā । atō jyāyāǵscha pūrúṣaḥ ।

pādŏ-'sya viśvắ bhūtāni । tripādásyāmṛtá-ndivi ॥

tripādūrdhva udaitpurúṣaḥ । pādŏ-'syēhā-"bhávātpunáḥ ।

tatō viṣvaṅvyákrāmat । sāśanānaśanē abhi ॥

tasmādvirāḍájāyata । virājō adhi pūrúṣaḥ ।

sa jắtō atyárichyata । paśchādbhūmimathŏ puraḥ ॥

yatpurúṣēṇa haviṣắ । dēvā yajñamatánvata ।

vasantō ásyāsīdājyam । grīṣma idhmaśśaradhdhaviḥ ॥

saptāsyắsanparidhayáḥ । tri-ssapta samidháḥ kṛtāḥ ।

dēvā yadyajña-ntánvānāḥ । abádhnan-purúṣa-mpaśum ॥

tam yajña-mbarhiṣi praukṣan । purúṣa-ñjātamágrataḥ
।

tēnắ dēvā ayájanta । sādhyā ṛṣáyaścha yē ॥

tasmādyajñāthsárvahutáḥ ǀ sambhṛta-mpṛṣadājyam ǀ
paśūg-stāg-śchákrē vāyavyán ǀ āraṇyān-grāmyāścha yē ǁ
tasmādyajñāthsárvahutáḥ ǀ ṛcha-ssāmáni jajñirē ǀ
Chandāg̐msi jajñirē tasmāt ǀ yajustasmādajāyata ǁ
tasmādaśvá ajāyanta ǀ yē kē chóbhayādátaḥ ǀ
gāvó ha jajñirē tasmāt ǀ tasmājjātá ájāvayáḥ ǁ
yatpurúṣaṃ vyádadhuḥ ǀ katithā vyákalpayann ǀ
mukha-ṅkimásya kau bāhū ǀ kāvūrū pādávuchyētē ǁ
brāhmaṇŏ-'sya mukhámāsīt ǀ bāhū rájanyáḥ kṛtaḥ ǀ
ūrū tadásya yadvaiśyáḥ ǀ padbhyāgm śūdrō ájāyataḥ ǁ
chandramā manásō jātaḥ ǀ chakṣō-ssūryó ajāyata ǀ
mukhādindráśchāgniśchá ǀ prāṇādvāyurájāyata ǁ
nābhyá āsīdantaríkṣam ǀ śīrṣṇō dyau-ssamávartata ǀ
padbhyā-mbhūmírdiśa-śśrōtrāt ǀ tathá lōkāgm
ákalpayann ǁ
vēdāhamētá-mpurúṣa-mmahāntaM̐ ǀ āditayavárṇa-
ntamásastu pārē ǀ
sarváṇi rūpáṇi víchitya dhīráḥ ǀ nāmáni kṛtvā-'bhivadan,
yadā-"stĕ̈ ǁ-16
dhātā purastādyamúdājahárá ǀ śakraḥ pravídvān-
pradiśaśchatásraḥ ǀ
tamēvaṃ vidvānamṛtá íha bhávati ǀ nānyaḥ panthā
ayánāya vidyatē ǁ
yajñēná yajñamáyajanta dēváḥ ǀ tāni dharmáṇi
prathamānyásann ǀ
tē ha nāká-mmahimāná-ssachantē ǀ yatrá pūrvĕ́
sādhyássanti dēváḥ ǁ
adbhya-ssambhútaḥ pṛthívyai rasắchcha ǀ
víśvakármaṇa-ssamávartatādhí ǀ
tasya tvaṣṭā vidadhádrūpamĕti ǀ tatpurúṣasya

viśvamājānamagrē ‖

vēdāhamēta-mpurúṣa-mmahāntam̐ ǀ ādityavárṇa-ntamásaḥ parástāt ǀ

tamēvaṃ vidvānamṛtá iha bhávati ǀ nānyaḥ panthá vidyatē-'yánāya ‖

prajāpátiścharati garbhē antaḥ ǀ ajāyámānō bahudhā vijáyatē ǀ

tasya dhīrāḥ parijānanti yōnim̐ ǀ maríchīnā-mpadamíchChanti vēdhasáḥ ‖

yō dēvēbhya ātápati ǀ yō dēvānā̐-mpurōhítaḥ ǀ pūrvō yō dēvēbhyó jātaḥ ǀ namó ruchāya brāhmáyē ‖

ruchá-mbrāhma-ñjanayántaḥ ǀ dēvā agrē tadábruvann ǀ

yastvaiva-mbrāhmaṇō vidyāt ǀ tasyá dēvā asan vaśē ‖

hrīśchá tē lakṣmīścha patnyaü ǀ ahōrātrē pārśvē ǀ nakṣátrāṇi rūpam ǀ aśvinau vyāttam̐ ǀ

iṣṭa-mmánisāṇa ǀ amu-mmánisāṇa ǀ sarvá-mmanisāṇa ‖

tachChaṃ yōrāvṛṇīmahē ǀ gātuṃ yajñāyá ǀ gātuṃ yajñapátayē ǀ daivī́ svastirástu naḥ ǀ svastirmānúṣēbhyaḥ ǀ ūrdhva-ñjīgātu bhēṣajam ǀ śa-nnó astu dvipadē̐ ǀ śa-ñchatúṣpadē

CHAPTER THREE

NARAYANA SUKTAM

harih-ōm ‖ sahasraśīrṣa-ndēvaṃ viśvākṣāṃ
viśvaśambhuvam ।
viśva-nnārāyaṇa-ndēvamakṣara-mparama-mpadam ।
viśvataḥ paramānnityaṃ viśva-nnārāyaṇagṃ harim ।
viśvāmēvēda-mpuruṣa-stadviśva-mupajīvati ।
patiṃ viśvasyātmēśvaragṃ śāśvatagṃ śiva-machyutam
।
nārāyaṇa-mmahājñēyaṃ viśvātmana-mparāyaṇam ।
nārāyaṇaparō jyōtirātmā nārāyaṇaḥ paraḥ ।
nārāyaṇapara-mbrahma tattva-nnārāyaṇaḥ paraḥ ।
nārāyaṇaparō dhyātā dhyāna-nnārāyaṇaḥ paraḥ ।
yachcha kiñchijjagatsarva-ndṛśyatē śrūyatē-'pi vā ‖
antarbahiścha tatsarvaṃ vyāpya nārāyaṇa-ssthitaḥ ।
anantamavyaya-ṅkavigṃ samudrēṃ-'tāṃ
viśvaśambhuvam ।
padmakōśa-pratīkaśagṃ hṛdaya-ñchāpyadhōmukham
।
adhō niṣṭyā vitasyāntē nābhyāmupari tiṣṭhati ।
jvālamālākula-mbhātī viśvasyāyatana-mmahat ।
santatagṃ śilābhistu lambatyākōśasannibham ।

tasyāntĕ   suṣiragṃ   sūkṣma-ntasmiñ   sarva-mpratiṣṭhitam ।

tasya madhyĕ mahānagni-rviśvārchĭ-rviśvatŏmukhaḥ ।

   sō-'grabhugvibhājantiṣṭha-nnāhāramajaraḥ kaviḥ ।

tiryagūrdhvamadhaśśāyī raśmayastasya santātā ।

   santāpayati sva-ndĕhamāpādatalamastakaḥ ।

tasya madhyĕ vahnĭśikhā aṇīyŏrdhvā vyavasthĭtaḥ ।

   nīlatŏ-yadamadhyasthā-dvidhyullĕkhĕva bhāsvarā ।

nīvāraśūkavattanvī pītā bhāsvatyanūpamā ।

   tasyă-śśikhāyā madhyĕ paramātmā vyavasthĭtaḥ ।

sa brahma sa śiva-ssa hari-ssēndra-ssō-'kṣaraḥ parama-ssvarāṭ ॥

   ṛtagṃ satya-mpara-mbrahma puruṣa-ṅkṛṣṇapiṅgalam ।

ūrdhvarĕtaṃ virūpākṣaṃ viśvarūpāya vai namō namaḥ ॥

   ō-nnārāyaṇāya vidmahĕ vāsudĕvāya dhīmahi ।

tannŏ viṣṇuḥ prachōdayăt ॥

CHAPTER FOUR

NARAYANA UPANISHAD STOTRAM

oṃ saha nāvavatu | saha nau bhunaktu |
saha vīryaṃ karavāvahai |
tejasvināvadhītamastu mā vidviṣāvahai ||
oṃ śānti: śānti: śānti: ||
    oṃ atha puruṣo ha vai nārāyaṇo'kāmayata prajāḥ
sṛjeyeti |
nārāyaṇātprāṇo jāyate | manaḥ sarvendriyāṇi ca |
khaṃ vāyurjyotirāpaḥ pṛthivī viśvasya dhāriṇī |
nārāyaṇādbrāhmā jāyate |
nārāyaṇādrudro jāyate |
nārāyaṇādindro jāyate |
nārāyaṇātprajāpatayaḥ prajāyante |
nārāyaṇāddvādaśādityā rudrā vasavassarvāṇi
ca chandāgṃsi |
nārāyaṇādeva samutpadyante |
nārāyaṇe pravartante |

nārāyaṇe pralīyante ||

 om | atha nityo nārāyaṇaḥ | brahmā nārāyaṇaḥ |
śivaśca nārāyaṇaḥ | śakraśca nārāyaṇaḥ |
dyāvāpṛthivyau ca nārāyaṇaḥ | kālaśca nārāyaṇaḥ |
diśaśca nārāyaṇaḥ | ūrdhvaśca nārāyaṇaḥ |
adhaśca nārāyaṇaḥ | antarbahiśca nārāyaṇaḥ |
nārāyaṇa evedagm sarvam |
yadbhūtaṃ yacca bhavyaṃ |
niṣkalo nirañjano nirvikalpo nirākhyātaḥ śuddho deva
eko nārāyaṇaḥ | na dvitīyösti kaścit |
ya evaṃ veda |
sa viṣṇureva bhavati sa viṣṇureva bhavati ||

 omityagre vyāharet | nama iti paścāt |
nārāyaṇāyetyupariṣṭāt |
omityekākṣaram | nama iti dve akṣare |
nārāyaṇāyeti pañcākṣarāṇi |
etadvai nārāyaṇasyāṣṭākṣaraṃ padam |
yo ha vai nārāyaṇasyāṣṭākṣaraṃ padamadhyeti |
anapabravassarvamāyureti |
vindate prājāpatyagm rāyaspoṣaṃ gaupatyam |
tato'mṛtatvamaśnute tato'mṛtatvamaśnuta iti |
ya evaṃ veda ||

 pratyagānandaṃ brahma puruṣaṃ praṇavasvarūpam |
akāra ukāra makāra iti |
tānekadhā samabharattadetādomiti |
yamuktvā mucyate yogī janmasaṃsārabandhanāt |
oṃ namo nārāyaṇāyeti mantropāsakaḥ |
vaikuṇṭhabhuvanalokaṃ gamiṣyati |
tadidaṃ paraṃ puṇḍarīkaṃ vijñānaghanam |
tasmāttadidāvanmātram |

brahmaṇyo devákīpu̱tro̱ brahmaṇyo mádhusū̱danom |
sarvabhūtasthamekáṃ nārā̱yaṇam |
kāraṇarūpamakāra párabra̱hmom |
etadatharva śiróyo'dhī̱te pra̱tarádhīyā̱no̱
rātrikŕtaṃ pāpáṃ nāśa̱yati |
sā̱yamádhīyā̱no̱ divasakŕtaṃ pāpáṃ nāśa̱yati |
mādhyandinamādityābhimukhŏ̈dhīyā̱na̱:
    pañcapātakopapātakä̆tpramu̱cyate |
sarva veda pārāyaṇa pú̱ṇyaṃ la̱bhate |
nārāyaṇasāyujyamávāpno̱ti̱ nārāyaṇa sāyujyamávāpno̱ti |
ya évaṃ ve̱da | ityúpa̱niṣát ||
    oṃ sa̱ha návavatu | sa̱ha naú bhunaktu |
sa̱ha vīryáṃ karavāvahai |
te̱ja̱svinā̱vadhĭtamastu̱ mā vïdviṣā̱vahaï ||
oṃ śānti̱: śānti̱: śāntï: ||

CHAPTER FIVE

जगन्नाथ सहस्रनाम स्तोत्रम्

<u>*Prārthanā (Prayer)*</u>

Devadānavagandharvayaksavidyādharoragaiḥ | Sevyamānaṃ sadā cārukoṭisūryasamaprabham || 1||

Dhyāyennārāyaṇaṃ devaṃ caturvargaphalapradam | Jaya Kṛṣṇa Jagannātha jaya sarvādhināyaka || 2||

Jayāśeṣajagadvandyapādāmbhoja namo'stu te || 3||

<u>*Yudhiṣṭhira Uvāca (Yudhishthira said):*</u>

Yasya prasādāttu sarvaṃ yastu viṣṇuparāyaṇaḥ | Yastu dhātā vidhātā ca yaśca satyaṃ paro bhavet || 1||

Yasya māyāmayaṃ jālaṃ trailokyaṃ sacarācaram | Martyāṃśca mṛgatṛṣṇāyāṃ bhrāmayatyapi kevalam || 2||

Namāmyahaṃ jagatprītyā nāmāni ca jagatpatim | Bṛhatyā kathitaṃ yacca tanme kathaya sāmpratam || 3||

Bhīṣma Uvāca (Bhishma said):

Yudhiṣṭhira mahābāho kathayāmi śṛṇuṣva me | Jagannāthasya nāmāni pavitrāṇi śubhāni ca || 1||

Māyayā yasya saṃsāro vyāpṛtaḥ sacarācaraḥ | Yasya prasādād brahmāṇaṃ sṛṣṭvā pāti ca sarvadā || 2||

Brahmādidaśadikpālān māyāvimohitān khalu | Yasya ceṣṭāvarohaśca brahmāṇḍakhaṇḍagocaraḥ || 3||

Dayā vā mamatā yasya sarvabhūteṣu sarvagaḥ | Satyadharmavibhūṣasya Jagannāthasya sarvataḥ || 4||

Kathayāmi sahasrāṇi nāmāni tava cānagha || 5||

Atha Viniyogaḥ

Asya mātṛkā mantrasya, Vedavyāso ṛṣiḥ, Anuṣṭupchandaḥ, Śrī Jagannātho devatā, Bhagvataḥ Śrī Jagannāthasya prītyarthe Sahasranāma pāṭhane viniyogaḥ |

Dhyānam (Meditation)

Nīlādrau śaṅkhamadhye śatadalakamale ratnasiṃhāsanastham Sarvālaṅkārayuktaṃ navaghanaruciraṃ saṃyutaṃ cāgrajena | Bhadrāyā vāmabhāge rathacaraṇayutaṃ brahmarudrendravandyaṃ Vedānāṃ sāramīśaṃ svajanaparivṛtaṃ brahmadāru smarāmi ||

Stotram

Śrī Bhagavān Uvāca:

Caturbhujo Jagannāthaḥ kaṇṭhaśobhitakaustubhaḥ | Padmanābho Vedagarbhaścandrasūryavilocanaḥ || 1||

Jagannātho Lokanātho Nīlādrīśaḥ paro Hariḥ | Dīnabandhurdayāsindhuḥ kṛpāluḥ janarakṣakaḥ || 2||

Kambupāṇiḥ cakrapāṇiḥ padmanābho narottamaḥ | Jagatāṃ pālako vyāpī sarvavyāpī sureśvaraḥ || 3||

Lokarājo devarājaḥ śakro bhūpaśca bhūpatiḥ | Nīlādripatināthaśca anantaḥ puruṣottamaḥ || 4||

Tārkṣyādhyāyaḥ kalpataruḥ vimalāprītivardhanaḥ | Balabhadro Vāsudevo Mādhavo Madhusūdanaḥ || 5||

Daityāriḥ puṇḍarīkākṣo vanamālī balapriyaḥ | Brahmā Viṣṇuḥ vṛṣṇivaṃśo Murāriḥ Kṛṣṇakeśavaḥ || 6||

Śrīrāmaḥ saccidānando Govindaḥ Parameśvaraḥ | Viṣṇurjiṣṇurmahāviṣṇuḥ prabhaviṣṇurmaheśvaraḥ || 7||

Lokakartā Jagannātho mahākartā mahāyaśāḥ | Maharṣiḥ Kapilācāryo lokacārī suro Hariḥ || 8||

Ātmā ca jīvapālaśca śūraḥ saṃsārapālakaḥ | Ekonaiko mamapriyo brahmavādī maheśvaraḥ || 9||

Dvibhujaśca caturbāhuḥ śatabāhuḥ sahasrakaḥ | Padmapatraviśālākṣaḥ padmagarbhaḥ paro Hariḥ || 10||

Padmahasto devapālo daityārirdaityanāśanaḥ | Caturmūrtiścaturbāhuścaturānanasevitaḥ || 11||

Padmahastaścakrapāṇiḥ   śaṅkhahasto
gadādharaḥ | Mahāvaikuṇṭhavāsī   ca
lakṣmīprītikaraḥ sadā || 12||

Viśvanāthaḥ   prītidaśca
sarvadevapriyaṅkaraḥ | Viśvavyāpī
dārurūpaścandrasūryavilocanaḥ || 13||

Guptagaṅgopalabdhiśca
tulasīprītivardhanaḥ | Jagadīśaḥ Śrīnivāsaḥ
Śrīpatiḥ Śrīgadāgrajaḥ || 14||

Sarasvatīmūlādhāraḥ   Śrīvatsaḥ
Śrīdayānidhiḥ | Prajāpatiḥ   Bhṛgupatiḥ
Bhārgavo Nīlasundaraḥ || 15||

Yogamāyāguṇārūpo jagadyonīśvaro Hariḥ |
Ādityaḥ pralayoddhārī ādau saṃsārapālakaḥ
|| 16||

Kṛpāviṣṭaḥ padmapāṇiramūrtirjagadāśrayaḥ
| Padmanābho   nirākāraḥ   nirliptaḥ
puruṣottamaḥ || 17||

Kṛpākaraḥ   jagadvyāpī   śrīkaraḥ
śaṅkhaśobhitaḥ | Samudrakoṭigambhīro

devatāprītidaḥ sadā || 18||

Surapatirbhūtapatirbrahmacārī purandaraḥ
| Ākāśavāyumūrtiśca
brahmamūrtirjalesthitaḥ || 19||

Brahmā   Viṣṇurdṛṣṭipālaḥ
paramo'mṛtadāyakaḥ |
Paramānandasampūrṇaḥ   puṇyadevaḥ
parāyaṇaḥ || 20||

Dhanī   ca   dhanadātā   ca   dhanagarbho
maheśvaraḥ | Pāśapāṇiḥ   sarvajīvaḥ
sarvasaṃsārarakṣakaḥ || 21||

Devakartā   brahmakartā   vaśiṣṭho
brahmapālakaḥ | Jagatpatiḥ   surācāryo
jagadvyāpī jitendriyaḥ || 22||

Mahāmūrtirviśvamūrtirmahābuddhiḥ
parākramaḥ | Sarvabījārthacārī ca draṣṭā
vedapatiḥ sadā || 23||

*Sarvajīvasya jīvaśca gopatirmarutāṃ patiḥ |
Manobuddhirahaṅkārakāmādikrodhanāśanaḥ
|| 24||*

*Kāmadevaḥ   kāmapālaḥ   kāmāṅgaḥ
kāmavallabhaḥ | Śatrunāśī kṛpāsindhuḥ
kṛpāluḥ parameśvaraḥ || 25||*

*Devatrātā devamātā bhrātā bandhuḥ pitā
sakhā | Bālavṛddhastanūrūpo viśvakarmā
balo'balaḥ || 26||*

*Anekamūrtiḥ satataṃ satyavādī satāṃgatiḥ
| Lokabrahma bṛhadbrahma sthūlabrahma
sureśvaraḥ || 27||*

*Jagadvyāpī sadācārī sarvabhūtaśca bhūpatiḥ
| Durgapālaḥ kṣetranātho ratīśo ratināyakaḥ
|| 28||*

*Balī vighno balācārī balado bila-vāmanaḥ |
Darahāsaḥ   śaraccandraḥ   paramaḥ
parapālakaḥ || 29||*

*Akārādimakāranto   madhyokāraḥ
svarūpadhṛk | Stutisthāyī somapāśca*

svāhākāraḥ svadhākaraḥ || 30||

Matsyaḥ Kūrmo Varāhaśca Nṛsiṃho Vāmanaḥ | Paraśurāmo mahāvīryo Rāmo Daśarathātmajaḥ || 31||

Devakīnandanaḥ śreṣṭho Nṛhariḥ narapālakaḥ | Vanamālī dehadhārī padmamālī vibhūṣaṇaḥ || 32||

Mallīkāmāladhārī ca jātīyūthipriyaḥ sadā | Bṛhatpitā mahāpitā brāhmaṇo brāhmaṇapriyaḥ || 33||

Kalparājaḥ khagapatirdeveśo devavallabhaḥ | Paramātmā balo rājñāṃ māṅgalyaṃ sarvamaṅgalaḥ || 34||

Sarvabalo dehadhārī rājñāṃ ca baladāyakaḥ | Nānāpakṣipataṅgānāṃ pāvanaḥ paripālakaḥ || 35||

Vṛndāvanavihārī ca nityasthalavihārakaḥ | Kṣetrapālo mānavarṣo bhuvano bhavapālakaḥ || 36||

Sattvaṃ rajastamobuddhirahaṅkāraparo'pi ca | Ākāśaṅgaḥ raviḥ somo dharitrīdharaṇīdharaḥ || 37||

Niścinto yoganidraśca kṛpāluḥ dehadhārakaḥ | Sahasraśīrṣā Śrīviṣṇurnityo jiṣṇurnirālayaḥ || 38||

Kartā hartā ca dhātā ca satyadīkṣādipālakaḥ | Kamalākṣaḥ svayambhūtaḥ kṛṣṇavarṇo vanapriyaḥ || 39||

Kalpadrumaḥ pādapāriḥ kalpakārī svayaṃ Hariḥ | Devānāṃ ca guruḥ sarvadevarūpo namaskṛtaḥ || 40||

Nigamāgamacārī ca kṛṣṇagamyaḥ svayaṃyaśaḥ | Nārāyaṇo narāṇāṃ ca lokānāṃ prabhuruttamaḥ || 41||

Jīvānāṃ paramātmā ca jagadvandyaḥ paro yamaḥ | Bhūtāvāso parokṣaśca sarvavāsī carāśrayaḥ || 42||

Bhāgīrathī manobuddhirbhavamṛtyuḥ paristhitaḥ | Saṃsārapraṇayī prītaḥ saṃsārarakṣakaḥ sadā || 43||

Nānāvarṇadharo devo nānāpuṣpavibhūṣaṇaḥ | Nandadhvajo brahmarūpo girivāsī gaṇādhipaḥ || 44||

Māyādharo varṇadhārī yogīśaḥ śrīdharo Hariḥ | Mahājyotirmahāvīryo balavān balodbhavaḥ || 45||

Bhūtakṛt bhavano devo brahmacārī surādhipaḥ | Sarasvatī surācāryaḥ suradevaḥ sureśvaraḥ || 46|| ·

Aṣṭamūrtidharo rudra icchāmūrtiḥ parākramaḥ | Mahānāgapatiścaiva puṇyakarmā tapaḥparaḥ || 47||

Dinapo dīnapālaśca diva-divaso divākaraḥ | Anabhoktā sabhoktā ca havirbhoktā paro'paraḥ || 48||

Mantrado jñānadātā ca sarvadātā paro Hariḥ | Parabrahma paradharmā ca sarvadharmanamaskṛtaḥ || 49||

Kṣamādaḥ dayādaḥ satyadaḥ satyapālakaḥ |
Kaṃsāriḥ keśināśī ca nāśano duṣṭanāśanaḥ ||
50||

Pāṇḍavaprītidaścaiva paramaḥ parapālakaḥ
| Jagaddātā jagatkartā gopagovatsapālakaḥ ||
51||

Sanātano mahābrahma phaladaḥ
karmacāriṇām | Paramaḥ paramānandaḥ
parabrahma parameśvaraḥ || 52||

Śaraṇaḥ sarvalokānāṃ
sarvaśāstraparigrahaḥ | Dharmakṛt
paramodharmo dharmātmā
dharmabāndhavaḥ || 53||

Manaḥkartā
mahābuddhirmahāmahimadāyakaḥ |
Bhūbhuvaḥsvo mahāmūrtiḥ bhīmo
bhīmaparākramaḥ || 54||

Pathyabhūtātmako devaḥ pathyamūrtiḥ
parātparaḥ | Vidyākāro viśvagarbhaḥ

surāmando sureśvaraḥ || 55||

Bhuvaneśaḥ sarvavyāpī bhaveśaḥ bhavapālakaḥ | Darśanīyaścaturvedaḥ śubhāṅgo lokadarśanaḥ || 56||

Śyāmalaḥ śāntamūrtiśca suśāntaścaturottamaḥ | Sāmaprīti ṛkprītiryajuṣo'tharvaṇapriyaḥ || 57||

Śyāmacandraścaturmūrtiścaturbāhuścaturgatiḥ | Mahājyotirmahāmūrtirmahādhāmā maheśvaraḥ || 58||

Agastivaradātā ca sarvadevapitāmahaḥ | Prahlādasya prītikaro dhruvābhimānatārakaḥ || 59||

Maṇḍitaḥ sutanurdātā sādhubhaktipradāyakaḥ | Oṃkāraśca parabrahma oṃ nirālambano Hariḥ || 60||

Sadgatiḥ paramo haṃso jīvātmā jananāyakaḥ | Manaścintyaścittahārī manojñaḥ śāpadhārakaḥ || 61||

Brāhmaṇo brahmajātīnāmindriyāṇāṃ gatiḥ prabhuḥ | Tripādādūddhvarsambhūto virāṭ caiva sureśvaraḥ || 62||

Parātparaḥ paraḥ pādaḥ padmasthaḥ kamalāsanaḥ | Nānāsandehaviṣayastattvajñānābhinivṛtaḥ || 63||

Sarvajño jagadbandhurmanojñajñātakārakaḥ | Mukhasambhūtiviprastu bāhusambhūtarājakaḥ || 64||

Ūrovaiśyaḥ padobhūtaḥ śūdro nityonityakaḥ | Jñānī mānī varṇadaśca sarvadaḥ sarvabhūṣitaḥ || 65||

Anādivarṇasandeho nānākarmaparisthitaḥ | Śuddhādidharmasandeho brahmadehaḥ smitānanaḥ || 66||

Śambarāsuravairipatiḥ sukṛtaḥ sattvavardhanaḥ | Sakalaṃ sarvabhūtānāṃ sarvadātā jaganmayaḥ || 67||

Sarvabhūtihitaiṣī ca sarvaprāṇihite rataḥ |
Sarvadā dehadhārī ca baṭako baṭugaḥ sadā ||
68||

Sarvakarmavidhātā ca jñānadaḥ
karuṇātmakaḥ | Puṇyasampattidātā ca kartā
hartā tathaiva ca || 69||

Sadā nīlādrivāsī ca natāsyaḥ purandaraḥ |
Naro Nārāyaṇo devo nirmalo nirupadravaḥ ||
70||

Brahmāśambhuḥ suraśreṣṭhaḥ
kambupāṇirbalo'rjunaḥ | Jagaddātā
cirāyuśca Govindo gopavallabhaḥ || 71||

Devo devo mahābrahma mahārājo mahāgatiḥ
| Ananto bhūtanāthaśca
anantabhūtasambhavaḥ || 72||

Samudraparvatānāṃ ca gandharvāṇāṃ
tathā''śrayaḥ | Śrīkṛṣṇo Devakīputro
Murāriveṇuhastakaḥ || 73||

*Jagatsthāyī   jagadvyāpī
sarvasaṃsārabhūtidaḥ | Ratnagarbho
ratnahasto ratnākarasutāpatiḥ || 74||*

*Kandarparakṣākārī ca kāmadevapitāmahaḥ |
Koṭibhāskarasanjyotiḥ koṭicandrasuśītalaḥ ||
75||*

*Koṭikandarpalāvaṇyaḥ
kāmamūrtibṛhadvapuḥ | Mathurāpuravāsī ca
dvāriko dvārikāpatiḥ || 76||*

*Vasantartunāthaśca Mādhavaḥ prītidaḥ sadā
| Śyāmabandhurghanaśyāmo
ghanāghanasamadyutiḥ || 77||*

*Anantakalpavāsī ca kalpasākṣī ca kalpakṛt |
Satyanāthaḥ satyacārī satyavādī sadāsthitaḥ
|| 78||*

*Caturmūrtiścaturbāhuścatur-
yugapatirbhavaḥ | Rāmakṛṣṇo yugāntaśca
Balabhadro balo balī || 79||*

*Lakṣmīnārāyaṇo   devaḥ
śālagrāmaśilāprabhuḥ | Prāṇo'pānaḥ*

samānaścodānavyānau tathaiva ca || 80||

Pañcātmā pañcatattvaṃ ca śaraṇāgatapālakaḥ | Yatkiñcit dṛśyate loke tatsarvaṃ Jagadīśvaraḥ || 81||

Jagadīśo mahadbrahma Jagannāthāya te namaḥ | Jagadīśo mahadbrahma Jagannāthāya te namaḥ | Jagadīśo mahadbrahma Jagannāthāya te namaḥ |

Iti Bhagavān Śrīvedavyāsena viracite Śrī Brahmapurāṇe Śrījagannāthasahasranāmastotram sampūrṇam ||

Atha Śrī Jagannāthasahasranāma Māhātmyam (Phalaśruti)

Evaṃ nāmasahasreṇa stavoyaṃ paṭhyate yadi | Pāṭhaṃ pāṭhayate yastu śṛṇuyādapi mānavaḥ || 1||

*Sahasrāṇāṃ śatenaiva yajñena paripūjyate |
Yatpuṇyaṃ sarvatīrtheṣu vedeṣu ca viśeṣataḥ
|| 2||*

*Tatpuṇyaṃ koṭiguṇitam acirāllabhate naraḥ
| Jagannāthasya nāmāni puṇyāni saphalāni ca
|| 3||*

Vidyārthī labhate vidyāṃ yogārthī yogamāpnuyāt | Kanyārthī labhate kanyāṃ jayārthī labhate jayam || 4||

Kāmārthī labhate kāmaṃ putrārthī labhate sutam | Kṣatriyāṇāṃ prayogeṇa saṅgrāme jayadaḥ sadā || 5||

Vaiśyānāṃ sarvadharmaḥ syācchūdrāṇāṃ sukhamedhate | Sādhūnāṃ paṭhato nityaṃ jñānadaḥ phaladastathā || 6||

Nā'pavādaṃ na duḥkhaṃ ca kadā ca labhate naraḥ | Sarvasaukhyaṃ phalaṃ prāpya cirañjīvī bhaveśvaraḥ || 7||

Śṛṇu rājan mahābāho mahimānaṃ jagatpateḥ | Yasya smaraṇamātreṇa sarvapāpaiḥ pramucyate || 8||

Jagannātham Lokanātham paṭhate yaḥ sadā śuciḥ | Kalikālobhavaṃ pāpaṃ tatkṣaṇāttasya naśyati || 9||

Iti Śrī Brahmapurāṇe Bhīṣma-Yudhiṣṭhira-Saṃvāde Śrījagannāthasahasranāmastotraṃ Samāptam ||

CHAPTER SIX

षोडसोपचार पूजा(Narayan)

षोडसोपचार पूजाShri Satyanarayana Puja Vidhi

Lord Vishnu is worshipped with all sixteen rituals along with chanting of Puranik Mantras during Satyanarayana Puja and other ocassions related to Lord Vishnu. Worshipping Gods and Goddesses with all 16 rituals is known as Shodashopachara Puja (षोडशोपचार पूजा).

1. Dhyanam (ध्यानम्)

Puja should begin with the meditation of Lord Satyanarayan. Dhyana should be done in front of Satyanarayana image or idol in front of you. Following Mantra should be chanted while meditating on Lord Satyanarayan.

Satyanarayana Puja

Shri Satyanarayana Puja

Dhyanam Mantra in Hindi

Dhyayet Satyam Gunatitam Gunatrayasamanvitam।

Lokanatham Trilokesham Kaustubhabharanam Harim॥

Nilavarna Pitavastram Shrivatsapadabhushitam।

Govindam Gokulanandam Brahmadyairapi Pujitam॥

2. Avahanam (आवाहन)

After Dhyana of Lord Satyanarayan, one should chant following Mantra in front of the Murti, by showing

Avahan Mudra (Avahan Mudra is formed by joining both palms and folding both thumbs inwards).

Avahanam Mantra in Hindi

Damodara Samagachchha Lakshmya Saha Jagatpate।

Imam Maya Kritam Pujam Grihana Surasattama॥

Shri Lakshmi Sahita Shri Satyanarayanaya Avahayami।

3. Asana (आसन)

After Lord Satyanarayana has been invoked, take five flowers in Anjali (by joining palm of both hands) and leave them in front of the Murti to offer seat to Lord Satyanarayana while chanting following Mantra.

Asana Mantra in Hindi

Nanaratna Samakirna Kartasvaravibhushitam।

Asanam Devadevesha! Prityartham Pratigrihyatam॥

Om Shri Satyanarayanaya Namah Asanam Samarpayami।

4. Padyam (पाद्यम्)

After Asana offering, offer water to Shri Satyanarayana to wash the feet while chanting following Mantra.

Padyam Mantra in Hindi

Narayanah Namasteastu Narakarnavataraka।

Padyam Grihana Devesha! Mama Saukhyam Vivardhaya॥

Om Shri Satyanarayanaya Namah Padayoh Padyam Samarpayami।

5. Arghyam (अर्घ्यम्)

After Padya offering, offer water to Shri Satyanarayana for head Abhishekam while chanting following Mantra.

Arghyam Mantra in Hindi

Vyaktavyaktasvarupaya Hrishikapataye Namah।

Maya Nivedito Bhaktya Arghyoayam Pratigrihyatam॥

Om Shri Satyanarayanaya Namah Arghyam Samarpayami।

6. Achamaniyam (आचमनीयम्)

After Arghya offering, offer water to Shri Satyanarayana for Achamana while chanting following Mantra.

Achamaniyam Mantra in Hindi

Mandakinyastu Yadvari Sarvapaapa Haram Shubham।

Tadidam Kalpitam Deva Samyagachamyatam Vibho॥

Om Shri Satyanarayanaya Namah Achamaniyam Samarpayami।

7. Panchamrita Snanam (पञ्चामृत स्नानम्)

After Achamaniya offering, give a bath with Panchamrita (the mixture of milk, curd, honey, Ghee and sugar) to Shri Satyanarayana while chanting following Mantra.

Panchamrita Snanam Mantra in Hindi

Snanam Panchamritairdeva Grihana Surasattama।

Anathanatha Sarvajna Girvana Pranatapriya॥

Om Shri Satyanarayanaya Namah Panchamrita Snanam Samarpayami।

8. Shuddhodaka Snanam (शुद्धोदक स्नानम्)

After Panchamrita Snana, offer bath to Shri Satyanarayana with pure water while chanting following Mantra.

Shuddhodaka Snanam Mantra in Hindi

Nanatirthasamanitam Sarvapaapa Haram Shubham।

Tadidam Kalpitam Deva Snanartham Pratigrihyatam॥

Om Shri Satyanarayanaya Namah Shuddhodaka Snanam Samarpayami।

9. Vastram (वस्त्र)

After Shuddhodaka Snana, now offer new clothes to Shri

Satyanarayana while chanting following Mantra.

Vastram Mantra in Hindi

Shitavatoshna Samtranam Lajjayah Rakshanam Param।
Dehalankaranam Vastra Prityartham Pratigrihyatam॥

Om Shri Satyanarayanaya Namah Vastra Yugmam Samarpayami।

10. Yajnopavitam (यज्ञोपवीत)

After Vastra offering, offer holy thread to Shri Satyanarayana while chanting following Mantra.

Yajnopavitam Mantra in Hindi

Brahmavishnumaheshena Nirmitam Sutramuttamam।
Grihana Bhagawan Vishnu Sarveshta Phalado Bhava॥

Om Shri Satyanarayanaya Namah Yajnopavitam Samarpayami।

11. Chandan (चन्दन)

After Yajnopavita offering, offer sandalwood paste or powder to Shri Satyanarayana while chanting following Mantra.

Chandan Mantra in Hindi

Shrikhanda Chandanam Divyam Gandhadhyam Sumanoharam।
Vilepanam Surashreshtha Chandanam Pratigrihyatam॥

Om Shri Satyanarayanaya Namah Chandanam Samarpayami।

12. Pushpa (पुष्प)

After Chandan offering, offer flowers to Shri Satyanarayana while chanting following Mantra.

Pushpa Mantra in Hindi

Malyadini Sugandhini Malatyadini Vai Prabho।
Maya Hritani Pushpani Pujartham Pratigrihyatam॥

Om Shri Satyanarayanaya Namah Pushpam Samarpayami।

13. Dhupam (धूपम्)

After Pushpa offering, offer Dhupa to Shri Satyanarayana while chanting following Mantra.

Dhupam Mantra in Hindi

Vanaspatirasodbhuto Gandhadhyo Gandha Uttamah।
Aghreyah Sarvadevanam Dhupoayam Pratigrihyatam॥

Om Shri Satyanarayanaya Namah Dhupam Aghrapayami।

14. Deepam (दीप)

After Dhupam offering, offer enlightened earthen lamp of pure Ghee to Lord Satyanarayana while chanting following Mantra.

Deepam Mantra in Hindi

Sajyam Cha Varti Samyuktam Vahnina Deepitam Maya।
Deepam Grihana Devesha Mama Saukhyaprado Bhava॥

Om Shri Satyanarayanaya Namah Deepam Darshayami।

15. Naivedyam (नैवेद्य)

After Deepam offering, wash your hands and offer Naivedya. It should include different type of fruits and sweets and offer this to Lord Satyanarayana while chanting following Mantra.

Naivedyam Mantra in Hindi

Ghritapakvam Havishyannam Payasam Cha Sasharkaram।

Nanavidham Cha Naivedyam Grihininva Surasattama॥

Om Shri Satyanarayanaya Namah Naivedyam Nivedayami।

16. Tambula (ताम्बूल)

After offering Naivedyam, offer betel leaf (Tambula) to Lord Satyanarayana while chanting following Mantra.

Tambulam Mantra in Hindi

Lavangakarpurasamyutam Tambulam Sura Pujitam।
Eladichurna Samyuktam Prityartham Pratigrihyatam॥

Om Shri Satyanarayanaya Namah Tambulam Samarpayami।

17. Phala (फल)

After offering Tambulam, offer fruits to Lord Satyanarayana while chanting following Mantra.

Phala Mantra in Hindi

Idam Phalam Maya Deva! Sthapitam Puratastav।
Tena Me Saphalavaptirbhavejjanmani Janmani॥

Om Shri Satyanarayanaya Namah Phalam Samarpayami।

18. Aarti (आरती)

After offering fruits, offer Aarti with lit camphor in Puja Thali to Lord Satyanarayana while chanting following Mantra. After chanting following Mantra sing Shri Satyanarayana Aarti in praise of Lord Satyanarayan.

Aarti Mantra in Hindi

Chaturvarti Samayuktam Goghritena Cha Puritam।
Arartikyamaham Kurve Pashya Me Varado Bhava॥

Om Shri Satyanarayanaya Namah Mangala Aartim Samarpayami।

19. Pradakshinam (परदक्षणिम्)

After Aarti, now offer symbolic Pradakshina (circumambulate from left to right of Shri Satyanarayan) with flowers in hand while chanting following Mantra.

Pradakshinam Mantra in Hindi

Yani Kani Cha Papani Janmantara Kritani Chaı

Tani Tani Vinashyantu Pradakshina Pade Padeıı

Om Shri Satyanarayanaya Namah Pradakshinam Samarpayamiı

20. Mantra Pushpanjali (मन्त्र पुष्पाञ्जलि)

After Pradakshina, offer incantations and flowers to Lord Satyanarayana while chanting following Mantra.

Pushpanjali Mantra in Hindi

Yanmaya Bhakti Yuktena Patram Pushpam Phalam Jalamı

Niveditam Cha Naivedyam Tad Grihananukampayaıı

Mantrahinam Kriyahinam Bhaktihinam Janardanaı

Yatpujitam Mayadeva Paripurna Tadastu Meıı

Anaya Pujaya Shrivishnuh Prasidatuıı

Om Shri Satyanarayanaya Namah Pushpanjalim Samarpayami

CHAPTER SEVEN

Shodasopachar pujan

Krishna Janmashtami Puja Vidhi
We are giving detailed Krishna Janmashtami Puja Vidhi which is observed on Krishna Janmashtami day. The given Puja Vidhi includes all sixteen steps which are part of Shodashopachara (षोडशोपचार) Krishna Janmashtami Puja Vidhi.

1. Dhyanam (ध्यानम्)
Puja should begin with the meditation of Lord Krishna. Dhyana should be done in front of already installed Lord Krishna statue in front of you. Following Mantra should be chanted while meditating on Lord Shri Krishna.

Janmashtami Pujan

<u>Krishna Dhyana Mantra</u>

Om Tamadbhutam Balakam Ambujekshanam
Chaturbhuja Shankha Gadadyudhayudam।
Shri Vatsa Lakshmam Gala Shobhi
Kaustubham Pitambaram Sandra Payoda

Saubhagam ‖

Maharha Vaidhurya Kiritakundala Tvisha Parishvakta Sahasrakundalam ।

Uddhama Kanchanagada Kanganadibhir Virochamanam Vasudeva Ekshata ‖

Dhyayet Chaturbhujam Krishnam, Shankha Chakra Gadadharam ।

Pitambaradharam Devam Mala Kaustubhabhushitam ‖

Om Shri Krishnaya Namah ।
Dhyanat Dhyanam Samarpayami ‖

2. Avahanam (आवाहन)

After Dhyana of Lord Krishna, one should chant following Mantra in front of the Murti, by showing Aavahan Mudra (Aavahan Mudra is formed by joining both palms and folding both thumbs inwards).

<u>*Krishna Avahana Mantra in Hindi*</u>

Om Sahasrashirsha Purushah Sahasrakshah Sahasrapat ।

Sa Bhumim Vishvato Vritva Atyatishthaddashangulam ‖

Agachchha Devadevesha Tejorashe Jagatpate ।

Kriyamanam Maya Pujam, Grihana Surasattame ‖

Avahayami Deva Tvam Vasudeva Kulodbhavam।
Pratimayam Suvarnadinirmitayam Yathavidhi॥
Krishnam Cha Balabadhram Cha Vasudevam Cha Devakim।
Nandagopa Yashodam Cha Subhadram Tatra Pujayet॥
Atma Devanam Bhuvanasya Garbho Yathavasham Charati Deveshah।
Ghosha Idasya Shrnvire Na Rupam Tasmai Vatayahavisha Vidhema॥

Shri Kleem Krishnaya Namah, Saparivara Sahita,
Shri Balakrishnam Avahayami॥

3 is missing i.e incase of 4 three will be count
4. Asanam (आसन)

After Lord Krishna has been invoked, take five flowers in Anjali (by joining palm of both hands) and leave them in front of the Murti to offer seat to Shri Krishna while chanting following Mantra.

Krishna Asanam Mantra in Hindi

Purusha Evedagam Sarvam Yadbhutam Yachchha Bhavyam।
Utamritatvasyeshanah Yadannenatirohati॥
Rajadhiraja Rajendra Balakrishna Mahipate।

*Ratna Simhasanam Tubhyam Dasyami
Svikuru Prabho॥*

*Om Shri Balakrishnaya Namah।
Asanam Samarpayami॥*

5. Padya (पाद्य)

After offering seat to Lord Krishna offer Him water to wash the feet while chanting following Mantra.
<u>Krishna Padya Mantra in Hindi</u>

*Etavanasya Mahima Ato Jyayaganshcha
Purushah।
Padoasya Vishva Bhutani Tripadasyamritam
Divi॥
Achyutananda Govinda Pranatarti
Vinashana।
Pahi Mam Pundarikaksha Prasida
Purushottama॥*

*Om Shri Balakrishnaya Namah।
Padoyo Padyam Samarpayami॥*

6. Arghya (अर्घ्य)

After Padya offering, offer water to Shri Krishna for head Abhishekam while chanting following Mantra.
<u>Krishna Arghya Mantra in Hindi</u>

*Tripadurdhva   Udaitpurushah
Padoasyehabhavatpunah।
Tato Vishvangvyakramat Sashananashane
Abhi॥
Paripurna Parananda Namo Namo Krishnaya
Vedhase।
Grihanarghyam   Maya   Dattam   Krishna
Vishnorjanardana॥*

*Om Shri Balakrishnaya Namah।
Arghyam Samarpayami॥*

7. Achamaniyam (आचमनीय)
*After Arghya offering, offer water to Shri Krishna for
Achamana (water for sipping) while chanting following
Mantra.*

<u>*Krishna Achamana Mantra in Hindi*</u>

*Tasmadviradajayata Virajo Adhi Purushah।
Sa Jato Atyarichyata Pashchadbhumimatho
Purah॥
Namah Satyaya Shuddhaya Nityaya Jnana
Rupine।
Grihanachamanam Krishna Sarva Lokaika
Nayaka॥*

Om Shri Balakrishnaya Namah।
Achamaniyam Samarpayami॥

8. Snanam (सूनान)

After Achamana, offer water to Shri Krishna for the bath while chanting following Mantra.

Krishna Snanam Mantra in Hindi

Yatpurushena   Havisha   Deva
Yajnamatanvata।
Vasanto   Asyasidajyam   Grishma
Idhmashsharaddhavih॥
Brahmandodara   Madhyasthaistithaishcha
Raghunandana।
Snapayishyamyaham Bhaktya Tvam Grihana
Janardana॥

Om Shri Balakrishnaya Namah।
Malapakarsha Snanam Samarpayami॥

9. Vastra (वसतर)

Now offer Moli (मोली) as new clothes to Shri Krishna while chanting following Mantra.

Krishna Vastra Mantra in Hindi

Om Tam Yajnam Barhishi Praukshan
Purusham Jatamagratah।
Tena Deva Ayajanta Sadhya Rishayashcha

Ye॥

Om Upaitu Mam Devasakhah Kirtishcha Manina Saha।

Pradurbhutoasmi Rashtresminkirtimriddhim Dadatu Me॥

Tapta Kanchana Samkasham Pitambaram Idam Hare।

Samgrihana Jagannatha Balakrishna Namoastute॥

Om Shri Balakrishnaya Namah।
Vastrayugmam Samarpayami॥

10. Yajnopavita (यज्ञोपवीत)

After Vastra offering, offer Yajnopavita to Shri Krishna while chanting following Mantra.

<u>Krishna Yajnopavitam Mantra in Hindi</u>

Tasmadyajnatsarvahutah Sambhritam Prishadajyam।

Pashuganstaganshchakre Vayavyan Aranyan Gramyashchaye॥

Kshutpipasamalam Jyeshthamalakshmim Nashayamyaham।

Abhutimasamriddhim Cha Sarvam Nirnudame Grihat॥

Shri Balakrishna Devesha Shridharananta Raghava।

Brahmasutramchottariyam Grihana

Yadunandana ǁ

Om Shri Balakrishnaya Namah ǀ
Yajnopavitam Samarpayami ǁ

11. *Gandha (गन्ध)*

After Yajnopavita offering, offer scent to Shri Krishna while chanting following Mantra.
    <u>*Krishna Gandha Mantra in Hindi*</u>

Tasmadyajnatsarvahutah   Richah   Samani Jajnire ǀ
Chhandansi   Jajnire   Tasmat Yajustasmadajayata ǁ
Gandhadwaram   Duradharsham Nityapushtam Karishinim ǀ
Ishwarim   Sarvabhutanam   Tamihopahvaye Shriyam ǁ
Kumkumagaru   Kasturi   Karpuram Chandanam Tata ǀ
Tubhyam Dasyami Rajendra Shri Krishna Svikuru Prabho ǁ

Om Shri Balakrishnaya Namah ǀ
Gandham Samarpayami ǁ

12. *Abharanam Hastabhushan (आभरण हस्तभूषण)*

Now offer jewellery (Abhushana) to Shri Krishna while

chanting following Mantra.
     <u>*Krishna Abharanam Hastabhushan Mantra in Hindi*</u>

*Grihana   Nanabharanani   Krishnaya
Nirmitani ।
Lalata Kanthottama Karna Hasta Nitamba
Hastamguli Bhushanani ॥*

*Om Shri Balakrishnaya Namah । Abharanani
Samarpayami ॥
Om   Shri   Balakrishnaya   Namah ।
Hastabhushanam Samarpayami ॥*

13. *Nana Parimala Dravya* (नाना परमिल द्रव्य)
*Now offer various fragrance stuffs to Lord Krishna while
chanting following Mantra.*
     <u>*Krishna Nana Parimala Dravya Mantra in Hindi*</u>

*Om Ahiriva Bhogaih Paryeti Bahum Jayaya
Hetim Paribadhamanah ।
Hastaghno   Vishva   Vayunani
Vidvanpumanpumamsam   Pari   Patu
Vishvatah ॥*

Om Shri Balakrishnaya Namah ।
Nana Parimala Dravyam Samarpayami ॥
     14. *Pushpa* (पुष्प)
Now offer flowers to Lord Krishna while chanting following

Mantra.

   <u>Krishna Pushpa Samarpana Mantra in Hindi</u>

Malyadini   Sugandhini,   Malyatadini Vaiprabho।
Maya   Hritani   Pujartham,   Pushpani Pratigrihyatam॥

Om Shri Balakrishnaya Namah।
Pushpani Samarpayami॥

15. *Atha Angapuja (* अथ अङ्गपूजा*)*
Now worship those Gods who are body parts of Shri Krishna itself. For that take Gandha, Akshata and Pushpa in left hand and leave them near to Lord Krishna Murti with right hand while chanting following Mantra(s).

   <u>Krishna Anga Puja Mantra in Hindi</u>

Om   Shri   Krishnaya   Namah।   Padau Pujayami॥
Om   Rajivalochanaya   Namah।   Gulphau Pujayami॥
Om   Narakantakaya   Namah।   Januni Pujayami॥
Om   Vachaspataye   Namah।   Janghai Pujayami॥
Om Vishvarupaya Namah। Urun Pujayami॥
Om   Balabhadranujaya   Namah।   Guhyam

Pujayami॥

Om Vishvamurtaye Namah। Jaghanam Pujayami॥

Om Gopijana Priyaya Namah। Katim Pujayami॥

Om Paramatmane Namah। Udaram Pujayami॥

Om Shrikantaya Namah। Hridayam Pujayami॥

Om Yajnine Namah। Parshvau Pujayami॥

Om Trivikramaya Namah। Prishthadeham Pujayami॥

Om Padmanabhaya Namah। Skandhau Pujayami॥

Om Sarvastradharine Namah। Bahun Pujayami॥

Om Kamalanathaya Namah। Hastan Pujayami॥

Om Vasudevaya Namah। Kantham Pujayami॥

Om Sanatanaya Namah। Vadanam Pujayami॥

Om Vasudevatmajaya Namah। Nasikam Pujayami॥

Om Punyaya Namah। Shrotre Pujayami॥

Om Shrishaya Namah। Netrani Pujayami॥

Om Nandagopapriyaya Namah। Bhravau Pujayami॥

Om Devakinandanaya Namah। Bhrumadhyam Pujayami॥

Om   Shakatasuramardhanaya   Namah।
Lalatam Pujayami॥
Om   Shri   Krishnaya   Namah।   Shirah
Pujayami॥

Om Shri Balakrishnaya Namah।
Sarvangani Pujayami॥

16. Dhupam (धूप)

Now offer Dhupa to Shri Krishna while chanting following Mantra.

<u>Krishna Dhupam Mantra in Hindi</u>

Vanaspatyudbhavo   Divyo   Gandhadyo
Gandha Uttamah।
Balakrishna   Mahipalo   Dhupoyam
Pratigrihyatam॥
Yatpurusham   Vyadadhuh   Katidha
Vyakalpayan।
Mukham   Kimasya   Kau   Bahu   Kavuru
Padavuchyete॥

Om Shri Balakrishnaya Namah।
Dhupam Aghrapayami॥

Deepam (दीप)

Now offer Deep to Shri Krishna while chanting following Mantra.

<u>Krishna Deepam Mantra in Hindi</u>

Sajyam   Trivarti   Samyuktam   Vahnina

Yojitum Maya |
Grihana Mangalam Deepam, Trailokya Timirapaham ||
Bhaktya Deepam Prayashchami Devaya Paramatmane |
Trahi Mam Narakat Ghorat Deepam Jyotirnamostute ||
Brahmanosya Mukhamasit Bahu Rajanyah Kritah |
Uru Tadasya Yadvaishyah Padbhyam Shudro Ajayata ||

Om Shri Balakrishnaya Namah |
Deepam Darshayami ||
   <u>*Naivedya*</u>

Om Krishnaya Vidmahe Balabhadraya Dhimahi |
Tanno Vishnu Prachodayat ||
Om Shri Balakrishnaya Namah ||
Nirvishi Karanarthe Tarksha Mudra |
Amriti Karanarthe Dhenu Mudra |
Pavitri Karanarthe Shankha Mudra |
Sanrakshanarthe Chakra Mudra |
Vipulamaya Karanarthe Meru Mudra |
Om Satyantavartena Parishinchami |
Bhoh! Swamin Bhojanartham Agachchhadi Vijnapya |
Sauvarne Sthalivairye Manigana Khachite

*Goghritam
Supakvam Bhakshyam Bhojyam Cha Lehyanapi
Sakalamaham Joshyamna Nidhaya Nana Shakairupetam
Samadhu Dadhi Ghritam Kshira Paniya Yuktam
Tambulam Chapi Shri Krishnam Pratidivasamaham Manasa Chintayami ॥
Adya Tishthati Yatkinchit Kalpitashchaparamgrihe
Pakvannam Cha Paniyam Yathopaskara Samyutam
Yathakalam Manushyarthe Mokshyamanam Shariribhih
Tatsarvam Krishnapujastu Prayatam Me Janardana
Sudharasam Suvipulam Aposhanamidam
Tava Grihana Kalashanitam Yatheshtamupabhujjyatam ॥
Om Shri Balakrishnaya Namah ।
Amritopastaranamasi Svaha ।
Om Pranatmane Narayanaya Svaha ।
Om Apanatmane Vasudevaya Svaha ।
Om Vyanatmane Sankarshanaya Svaha ।
Om Udanatmane Pradyumnaya Svaha ।
Om Samanatmane Aniruddhaya Svaha ।
Om Shri Balakrishnaya Namah ।
Naivedyam Grihyatam Deva Bhakti Me Achalam Kuruh ।
Ipsitam Me Varam Dehi Ihatra Cha Param*

Gatim॥

Shri Krishna Namastubhyam Maha Naivedyam Uttamam।

Sangrihana Surashreshtha Bhakti Mukti Pradayakam॥

Om Chandrama Manaso Jatah Chakshoh Suryo Ajayata।

Mukhadindrashchagnishcha Pranadvayurajayata॥

Om Ardram Pushkarinim Pushtim Suvarnam Hemamalinim।

Suryam Hiranmayim Lakshmim Jatavedo Ma Avaha॥

Om Shri Balakrishnaya Namah। Naivedyam Samarpayami॥

Sarvatra Amritopidhanyamasi Svaha।
Om Shri Balakrishnaya Namah।
Uttaraposhanam Samarpayami॥

veda mantra

smrite sakala-kalyana
bhajanam yatra jayate
purusham tam ajam nityam
vrajami sharanam harim
(Om) yam brahma vedanta-vido vadanti
pare pradhanam purusham tathanye
vishvodgateh karanam ishvaram va
tasmai namo vighna-vinashaya
om tad vishnoh paramam padam sada
pashyanti surayo diviva chakshur-atatam
tad vipraso vipanyavo jagrivamsaha
samindhate vishnor yat paramam padam
om krishno vai sac-cid-ananda-ghanaha krishna
adi-purushaha
krishnaha purushottamaha krishno ha u
karnadi-mulam krishnaha sa
ha sarvaih karyaha krishnaha
kasham-krid-adisha-mukha-prabhu
pujyaha krishno 'nadis tasminn ajandantar-bahye yan
mangalam tal labhate kriti
(Om) madhavo madhavo vaci
madhavo madhavo hridi
smaranti sadhavaha sarve

sarva-karyeshu madhavam
(Om) svasti no govindah svasti no 'cyutanantau
svasti no vasudvo vishnur dadhatu
svasti no narayano naro vai
svasti nah padmanabhaha puroshottamo dadhatu
svasti no vishvakseno vishveshvaraha
svasti no hrishikesho harir dadhatu
svasti no vainateyo harih
svasti no 'njana-suto hanur bhagavato dadhatu
svasti svasti sumangalaih kesho mahan
shri-krishnaha   sac-cid-ananda-ghanaha
sarveshvareshvaro dadhatu
karotu svasti me krishnaha
sarva-lokeshvareshvaraha
karshnadayash cha kurvantu
svasti me loka-pavanaha
krishno mamaiva sarvatra
svasti kuryat shriya samam
tathaiva cha sada karshnihi
sarva-vighna-vinashanaha
om namo vishva-rupaya
vishva-sthity-anta-hetave
vishveshvaraya vishvaya
govindaya namo namaha
namo vijnana-rupaya
paramananda-rupine
krishnaya gopi-nathaya
govindayah namo namah
namah kamala-netraya
namah kamala-maline
namah kamal-nabhaya
kamala-pataye namaha
barhapidabhiramaya

ramayakuntha-medhase
rama-manasa-hamsaya
govindaya namo namaha
kamsa-vamsha-vinashaya
keshi-chanura-ghatine
vrishabha-dhvaja-vandyaya
partha-sarathaye namaha
venu-vadana-shilaya
gopalayahi-mardine
kalindi-kula-lolaya
lola-kundala-dharine
ballavi-vadanambhoja-
maline nritya-shaline
namah pranata-palaya
shri-krishnaya namo namaha
namah papa-pranashaya
govardhana-dharaya cha
putana-jivitantaya
trinavartasu-harine
nishkalaya vimohaya
shuddhayashuddha-vairine
advitiyaya mahate
shri-krishnaya namo namaha
prasida paramananda
prasida parameshvara
adhi-vyadhi-bhujangena
dashtam mam uddhara prabho
shri-krishna rukmini-kanta
gopi-jana-manohara
samsara-sagare magnam
mam uddhara jagad-guro
keshava klesha-harana
narayana janardana

MANTRA SAGAR (P-3)

govinda paramananda
mam samuddhara madhava
he krishna karuna-sindho
dina-bandho jagat-pate
gopesha gopika-kanta
radha-kanta namo 'stu te

CHAPTER NINE

Sankalp mantra

ॐ विष्णुर्वविष्णुर्वविष्णुः श्रीमद् भगवतो महापुरुषस्य विष्णोराज्ञया प्रवर्तमानस्य अद्य ब्रह्मणो द्वितीय परार्धे श्रीश्वेतवराहकल्पे, वैवस्वतमन्वन्तरे, अष्टावर्शिततिमे कलियुगे, कलौ प्रथम चरणे, जम्बूद्वीपे, भारतवर्षे, भरतखंडे, (अपने स्थान का नाम), मासे (अपने मास का नाम), शुक्ल/कृष्ण पक्षे, (तिथि) तिथौ, (वार) वासरे, (नक्षत्र) नक्षत्रे, (योग) योगे, (करण) करणे, एवं गुण विशेषण विशिष्टायां अस्यां (तिथि) तिथौ, (अपना नाम), (अपना गोत्र) गोत्रोत्पन्नः, अहं गृहे, (देवता का नाम) प्रीत्यर्थं, (पूजा/अनुष्ठान का उद्देश्य) करिष्ये।"

ॐ विष्णुर्वविष्णुर्वविष्णुः। श्रीमद्भगवतो महापुरुषस्य विष्णोराज्ञया प्रवर्तमानस्य अद्यैतस्य ब्रह्मणोह्न द्वितीय परार्धे श्रीश्वेतवाराहकल्पे वैवस्वतमन्वन्तरे अष्टावर्शिततिमे युगे कलियुगे कलौ प्रथमचरणे भूर्लोके भारतवर्षे जम्बूद्वपि भरतखण्डे आर्यावर्तान्तर्गतब्रह्मावर्तस्य भारत क्षेत्रे पश्चिमि बंगाल मण्डलान्तर्गते कोलकाता नाम्ननिगरे (ग्रामे वा) श्रीगङ्गायाः .... (उत्तरे/दक्षिणे) दिग्भागे

देवब्राह्मणानां सन्निधौ श्रीमन्नृपतिबीरवक्रिमादित्यसमयतः .... संख्या-परिमिति प्रवर्त्तमानसंवत्सरे प्रभवादिषष्ठि-संवत्सराणां मध्ये पङ्गिल नामसंवत्सरे, दक्षिणायन अयने, हेमन्त ऋतौ, कार्तिकि मासे, शुक्ल पक्ष पक्षे, पूर्णमि तिथौ, शुक्रवार वासरे,

भरणी नक्षत्रे, वरीयान् योगे, बव करणे, मेष राशिस्थिति चन्द्रे, तुला राशिस्थितिश्रीसूर्ये, वृषभ राशिस्थिति देवगुरौ शेषेषु ग्रहेषु यथायथा राशिस्थानस्थतिषु सत्सु एवं ग्रहगुणवशिषेणवशिष्टाया शुभपुण्यतिथौ .... गोत्रोत्पन्नस्य .... शर्मणः (वर्मणः, गुप्तस्य वा) सपरिवारस्य ममात्मनः

अहं .... श्रुति-स्मृति-पुराणोक्त-पुण्य-फलप्राप्त्यर्थं मम सकुटुम्बस्य   सपरिवारस्य क्षेमस्थैर्यायुरारोग्यैश्वर्याभिवृद्ध्यर्थमाधिभौतिकाधि-दैविकाध्यात्मकित्रविधितापशमनार्थं धर्मार्थकाममोक्षफलप्राप्त्यर्थं   नित्यकल्याणलाभाय भगवत्प्रीत्यर्थं .... देवस्य पूजनं करिष्यो।

Harih om tat sat sri govinda govinda govindah adya sri bhagavatah maha purushasya vishnur agya, pravartamanasya adya brahmanah, dvitiya parardhe sri svet varaha kalpe vaivasvata manvantare astavhimsatitame kaliyuge prathama charane/pade jambu dvipe bharata varse bharata khandeh meroho purva/uttar/daksin/paschim parshe asmin vartamane vyavaharike prabhavadi sasti samvatsaranam madhye uttarayane/daksirayane puasa mase sukla pakshe panchami thitau guruvarasya yuktaya nakshatra asyam subha thitau shri bhagavadajnaya bhagavt kaikarya rupam sri sri radha krishna/Narayan/Gauranga Prityartham kripa kataksha siddyartham sri radha krishna/Narayana/ekadasi/gaur purnima mahotsavangam asya yajamanasya (MENTION GOTRA) asya gotradbhavasya asya nakshatra jatah (Name of family) asya namadheyasya SRUTISMRITIPURANOKTFALPRAPTYARTHAM MAM saha kutumbhasya saha parivarasya kshema sthairya vijaya virya ayuh arogya aiswaryadi abhivridhyartham sarva dosha nivaranartham sri radha krishna / narayana bhakti praptam sri sri narayana / radha krishna aradhanam / pujam karisye

CHAPTER TEN

Radha Rani

radha raseshvari ramya

rama cha paramatmanah

rasodbhava krishna-kanta

krishna-vaksha-sthala-sthita

krishna-pranadhidevi cha

maha-vishnoh prasur api

sarvadya vishnu-maya cha

satya nitya sanatani

brahma-svarupa parama

nirlipta nirguna para

vrinda vrindavane tvam cha

viraja-tata-vasini

goloka-vasini gopi

gopisha gopa-matrika

sananda paramananda

nanda-nandana-kamini

vrishabhanu-suta shanta

kanta purnatama tatha

kamya kalavati-kanya

tirtha-putra sati shubha

samsara-sagare ghore

bhitam mam sharanagatam

sarvebhyo 'pi vinirmuktam

kuru radhe surshvari

tvat-pada-padma-yugale

pada-padmalayarcite

dehi mahyam param bhaktim

krishnena parisevite

tapta-kanchana-gaurangi

radhe vrindavaneshvari

vrishabhanu-sute devi

pranamami hari-priye

mahabhava-svarupa tvam

krishna-priya-variyasi

· 62 ·

prema-bhakti-prade devi

radhike tvam namamy aham

Radha Kripa Kataksh

Śrī Rādhā-kṛpā-kaṭākṣa-stava-rāja

Text 1

*munīndra-vṛnda-vandite triloka-śoka-hāriṇi
prasanna-vaktra-paṅkaje   nikuñja-bhū-
vilāsini
vrajendra-bhānu-nandini   vrajendra-sūnu-
saṅgate
kadā   kariṣyasīha   māṁ   kṛpā-kaṭākṣa-
bhājanam ||1||*

Text 2

aśoka-vṛkṣa-vallarī-vitāna-maṇḍapa-sthite
pravāla-vāla-pallava   prabhā   'ruṇāṅghri-
komale
varābhaya-sphurat-kare   prabhūta-
sampadālaye
kadā   kariṣyasīha   māṁ   kṛpā-kaṭākṣa-
bhājanam ||2||

Text 3

anaṅga-raṅga-maṅgala-prasaṅga-bhaṅgura-
bhruvāṁ
sa-vibhramaṁ   sa-sambhramaṁ   dṛganta-
bāṇa-pātanaiḥ
nirantaraṁ vaśī-kṛta-pratīti-nanda-nandane
kadā   kariṣyasīha   māṁ   kṛpā-kaṭākṣa-
bhājanam ||3||

Text 4

*taḍit-suvarṇa-campaka-pradīpta-gaura-
vigrahe
mukha-prabhā-parāsta-koṭi-śāradendu-
maṇḍale
vicitra-citra-sañcarac-cakora-śāva-locane
kadā   kariṣyasīha   māṁ   kṛpā-kaṭākṣa-
bhājanam ||4||*

Text 5

*madonmadāti-yauvane   pramoda-māna-
maṇḍite
priyānurāga-rañjite kalā-vilāsa-paṇḍite
ananya-dhanya-kuñja-rājya-kāma   keli-
kovide
kadā   kariṣyasīha   māṁ   kṛpā-kaṭākṣa-
bhājanam ||5||*

Text 6

*aśeṣa-hāva-bhāva-dhīra-hīra-hāra-bhūṣite
prabhūta-śāta-kumbha-kumbha-kumbhi*

kumbha-sustani
praśasta-manda-hāsya-cūrṇa-pūrṇa-
saukhya-sāgare
kadā   kariṣyasīha   māṁ   kṛpā-kaṭākṣa-
bhājanam ||6|

Text 7

mṛṇāla-vāla-vallarī taraṅga-raṅga-dor-late
latāgra-lāsya-lola-nīla-locanāvalokane
lalal-lulan-milan-manojña   mugdha-
mohanāśrite
kadā   kariṣyasīha   māṁ   kṛpā-kaṭākṣa-
bhājanam ||7||

Text 8

suvarṇa-mālikāñcita-trirekha-kambu-
kaṇṭhage
tri-sūtra-maṅgalī-guṇa-tri-ratna-dīpti-
dīdhiti
salola-nīla-kuntala   prasūna-guccha-
gumphite

*kadā kariṣyasīha māṁ kṛpā-kaṭākṣa-
bhājanam ||8||*

Text 9

*nitamba-bimba-lambamāna-puṣpa-mekhalā-
guṇe
praśasta-ratna-kiṅkiṇī-kalāpa-madhya
mañjule
karīndra-śuṇḍa-daṇḍikā-varoha-
saubhagoruke
kadā kariṣyasīha māṁ kṛpā-kaṭākṣa-
bhājanam ||9||*

Text 10

*aneka-mantra-nāda-mañju-nūpurā-rava-
skhalat
samāja-rāja-haṁsa-vaṁśa-nikvaṇāti-
gaurave
vilola-hema-vallarī-viḍambi-cāru-caṅkrame
kadā kariṣyasīha māṁ kṛpā-kaṭākṣa-
bhājanam ||10||*

Text 11

ananta-koṭi-viṣṇu-loka-namra-padmajārcite
himādrijā-pulomajā-viriñcajā-vara-prade
apāra-siddhi-ṛddhi-digdha-sat-padāṅgulī-
nakhe
kadā kariṣyasīha māṁ kṛpā-kaṭākṣa-
bhājanam ||11||

Text 12

makheśvari kriyeśvari svadheśvari sureśvari
triveda-bhāratīśvari pramāṇa-śāsaneśvari
rameśvari kṣameśvari pramoda kānaneśvari
vrajeśvari vrajādhipe śrī rādhike namo 'stu te
||12||

Text 13

*itī mam adbhutaṁ-stavaṁ niśamya bhānu-
nandinī
karotu santataṁ janaṁ kṛpā-kaṭākṣa-
bhājanam
bhavet tadaiva-sañcita-tri-rūpa-karma-
nāśanaṁ
bhavet tadā-vrajendra-sūnu-maṇḍala-
praveśanam ||13||*

Text 14-15

*rākāyāṁ ca sitāṣṭamyāṁ daśamyāṁ ca
viśuddha-dhīḥ |
ekādaśyāṁ trayodaśyāṁ yaḥ paṭhet sādhakaḥ
sudhīḥ ||14||*

*yaṁ yaṁ kāmayate kāmaṁ taṁ tamāpnoti
sādhakaḥ |
rādhā-kṛpā-kaṭākṣeṇa bhaktiḥ syāt prema-
lakṣaṇā ||15||*

Text 16-17

*ūru-daghne nābhi-daghne hṛd-daghne kaṇṭa-
daghnake |
rādhā-kuṇḍa-jale sthitā yaḥ paṭhet sādhakaḥ
śatam ||16||*

*tasya sarvārtha-siddhiḥ syād vāk-
sāmarthyaṁ tathā labhet |
aiśvaryaṁ ca labhet sākṣād dṛśā paśyati
rādhikām ||17||*

Text 18

*tena sa tat-kṣaṇād eva tuṣṭā datte
mahāvaram |
yena paśyati netrābhyāṁ tat-priyaṁ
śyāmasundaram ||18||*

Text 19

*nitya-līlā-praveśaṁ ca dadāti śrī-vrajādhipaḥ
|
ataḥ parataraṁ prārthyaṁ vaiṣṇavasya na
vidyate ||19||*

*|| iti śrīmad-ūrdhvāmnāye śrī-rādhikāyāḥ
kṛpā-kaṭākṣa-stotraṁ sampūrṇam ||*

*Thus ends the śrī-rādhikāyāḥ kṛpā-kaṭākṣa-
stotraṁ
found in the ūrdhvāmnāya tantra*

CHAPTER TWELVE

Radha Astakam (Raghunath das goswami)

Shri Radhikastakam

Eight Prayers Glorifying Sri Radhika

by Shrila Raghunatha dasa Gosvami

Text 1

rasa-valita-mrgaksi-mauli-manikya-laksmih
pramudita-muravairi-prema-vapi-marali
vraja-vara-vrsabhanoh punya-girvana-valli

snapayatu nija-dasye radhika mam kada nu

When will Sri Radhika, who is a splendid ruby in the crown of all nectarean doe-eyed girls, a swan swimming in the lake of love for jubilant Lord Krsna, and a celestial vine sprouted from Vraja's exalted King Vrsabhanu, bathe me in Her service?

Text 2

sphurad-aruna-dukula-dyotitodyan-nitamba-sthalam abhi vara-kanci-lasyam ullasayanti kuca-kalasa-vilasa-sphita-mukta-sara-srih snapayatu nija-dasye radhika mam kada nu

When will Sri Radhika, who makes the sash of bells dance on Her hips splendid with red silk, and whose necklace of large pearls plays on the waterpots of Her breasts, bathe me in Her service?

Text 3

sarasija-vara-garbhakharva-kantih samudyat-tarunima-ghanasaraslista-kaishora-sidhuh

dara-vikasita-hasya-syandi-bimbadharagra
snapayatu nija-dasye radhika mam kada nu

When will Sri Radhika, who is as splendid as a great lotus whorl, who is new nectar mixed with the camphor of youth, and whose bimba fruit lips blossom with a gentle smile, bathe me in Her service?

Text 4

ati-catulataram tam kananantar milantam
vraja-nrpati-kumaram viksya sanka-kulaksi
madhura-mridu-vacobhih samstuta netra-
bhangya
snapayatu nija-dasye radhika mam kada nu

When will Sri Radhika, who, accidentally meeting restless Krsna in the outskirts of the forest, stared at Him with suspicious eyes as he cast amorous glances at Her and flattered Her with many sweet and gentle words, bathe me in Her service?

Text 5

*vraja-kula-mahilanam prana-bhutakhilanam
pasupa-pati-grhinyah krsna-vat-prema-
patram su-lalita-lalitantah-sneha-
phullantaratma
snapayatu nija-dasye radhika mam kada nu*

**When will Sri Radhika, who the girls of Vraja
love as much as their own lives, who the gopa
queen Yasoda loves as much as Lord Krsna,
and who makes the heart of charming lalita
blossom with love, bathe me in Her service?**

Text 6

*niravadhi sa-visakha sakhi-yutha-prasunaih
srajam iha racayanti vaijayantim vanante
agha-vijaya-varorah-preyasi sreyasi sa
snapayatu nija-dasye radhika mam kada nu*

**When will Sri Radhika, who in the company
of Visakha at the forest's edge strings a
Vaijayanti garland from the flowers of many
trees, and who is the beautiful beloved
resting on Lord Krsna's handsome chest,
bathe me in Her service?**

Text 7

prakatita-nija-vasam snigdha-venu-
pranadair
druta-gati-harim arat prapya kunje smitaksi
sravana-kuhara-kandum tanvati namra-
vaktra
snapayatu nija-dasye radhika mam kada nu

When will Sri Radhika, who smelling the fragrance of Lord Krsna and hearing the sweet sounds of His flute, ran to Him in the forest grove and, scratching Her ears, approached Him with smiling eyes and lowered face, bathe me in Her service?

Text 8

amala-kamala-raji-sparsa-vata-prasite
nija-sarasi nidaghe sayam ullasiniyam
parijana-gana-yukta kridayanti bakarim
snapayatu nija-dasye radhika mam kada nu

When will Sri Radhika, who on a summer evening happily plays with Lord Krsna by Her own lake cooled by breezes touching the many splendid lotuses, bathe me in Her service?

Text 9

*pathati vimala-ceta mista-radhastakam yah
parihrita-nikhilasa-santatih katarah san
pasupa-pati-kumarah kamam amoditas tam
nija-jana-gana-madhye radhikayas tanoti*

Pleased with any person who, abandoning all hope of material happiness, and overwhelmed (with love), reads this sweet Sri Radhastaka with a pure heart, the prince of Vraja (Krsna) of His own accord places him among Sri Radha's personal associates.

CHAPTER THIRTEEN

Hari mantra

Sri Krsnah Kamala Natho

Ratra 4 Chapter 1 (Narad Pancharatra)

sri-krsnah kamala-natho

vasudevah sanatanah

vasudevatmajah punyo

lila-manusa-vigrahah

srivatsa-kaustubha-dharo

yasoda-vatsalo harih

caturbhujatta-cakrasi-

gada-sankhambujayudhah

devaki-nandanah sriso

nana-gopa-priyatmajah

yamuna-vega-samhari

balabhadra-priyanujah

putana-jivita-harah

sakatasura-bhanjanah

nanda-vraja-jananandi

sac-cid-ananda-vigrahah

navanita-nava-hari

mucukunda-prasadakah

sodasa-stri-sahasresas

tri-bhangi-madhurakrtih

ag-amrtabdhindur

govindo govindam patih

vatsa-palana-sancari

dhenukasura-bhanjanah

· 81 ·

trni-krta-trnavarto

yamalarjuna-bhanjanah

uttala-tala-bhetta ca

tamala-syamalakrtih

gopa-gopisvaro yogi

surya-koti-sama-prabhah

ila-patih param-jyotir

yadavendro yadudvahah

vana-mali pita-vasah

parijatapaharakah

govardhanacaloddharta

gopalah sarva-palakah

ajo niranjanah kama-

janakah kanja-locanah

madhuha mathura-natho

dvaraka-nayako bali

vrndavananta-sancari

tulasi-dama-bhusanah

syamantaka-maner harta

nara-narayanatmakah

kubja-rjv-anga-karano

mayi parama-purusah

mustikasura-canura-

malla-yuddha-visaradah

samsara-vairi kamsarir

murarir narakantakah

anadir brahmacari ca

krsnavyasana-karsakah

sisupala-siras-chetta

duryodhana-kulantakrt

vidurakrura-varado

visvarupa-pradarsakah

satya-vak satya-sankalpah

satyabhamarato jayi

subhadra-ppurvajo visnur

bhisma-mukti-pradayakah

jagad-gurur jagan-natho

venu-vadya-visaradah

vrsabhasura-vidhvamsi

banasura-karantakrt

yudhisthira-pratisthata

barhi-barhavatamsakah

partha-sarathir avyakto

gitamrta-mahodadhih

kaliya-phani-manikya-

ranjita-sri-padambujah

damodaro yajna-bhokta

danavendra-vinasanah

narayanah para-brahma

pannagasana-vahanah

jala-krida-samasakta-

gopi-vastrapaharakah

punya-slokas tirtha-karo

veda-vedyo daya-nidhih

sarva-tirthatmakah sarva-

graha-rupi parat parah

ity evam krsnadevasya

namnam astottaram satam

krsnena krsnba-bhaktena

srutva gitamrtam pura

stotram krsna-priyakaram

krtam tasman maya pura

krsna-namamrtam nama

paramananda-dayakam

anupa-drava-duhkha-ghnam

paramayusya-vardhanam

danam srutam tapas-tirtham

yat-krtam tv iha janmani

Selected verse from mukunda mala stotram

*tattvaṃ prasīda bhagavan kuru mayyanāthē
viṣṇō kṛpāṃ paramakāruṇikaḥ kila tvam ।
saṃsārasāgaranimagnamanantadīna-
-muddhartumarhasi harē puruṣōttamō'si*

namāmi nārāyaṇapādapaṅkajaṃ
karōmi nārāyaṇapūjanaṃ sadā ।
vadāmi nārāyaṇanāma nirmalaṃ
smarāmi nārāyaṇatattvamavyayam

śrīnātha nārāyaṇa vāsudēva
śrīkṛṣṇa bhaktapriya chakrapāṇē ।
śrīpadmanābhāchyuta kaiṭabhārē
śrīrāma padmākṣa harē murārē

CHAPTER FOURTEEN

षोडसोपचार पूजा
(extra)

Āchamaniyam (Purification)

om kesavay namah
    om narayanaya namah
    om madhavaya namah
    om govindaya namah iti hastrapraksalanam

Deepa jyoti

shubham karoti kalyānām ārogyam dhana sampadah |
shatru buddhi vināshāya deepa jyoti namostute ||

Prānāyama (Breath Control)

om bhuh om bhuvah om suvah om mahah om janah om tapah om satyam
    om tatsaviturvarenyam bhargo devasya dhimahi dhiyo yo nah pracodayāt
    om āpo jyotiraso mrtam brahma bhurbhuvasuvarom

Āsana Pujā (Worship of the seating on which puja is performed)

om prthvi tvayā dhrtā lokā devi tvam vishnunā dhrtā |
tvam ca dhāraya mām devi pavitram kuru ca-āsanam ||

Ghanta Pujā (Worship of the Bell)

āgama-artham tu devānām gamana artham tu rakshasām |
ghanttā-ravam karomya āadau devatā āhvāna lānchanam ||

Kalasha Pujā (Worship of the pot/vessel)

gange cha yamune chaiva godāvari sarasvati |
narmade sindhu kāveri jalesmin sannidhim kuru ||

CHAPTER FIFTEEN

Pundarikaksha Mantra

'Namastey Pundarikaksha Namastey Madhusudana, Namasthey Sarva lokesha Namasthey Thigmachakriney, Vishvamurthi Mahabahum Varadam Sarvatejasam, Namami Pundarikaksham Vidyaavidyatmakam Vibhum, Adidevam Mahadevam Veda Vedangapaaragam, Gambhiram Sarva Devaanam Namami Madhusudanam, Vishva Murthi Maha Murthi Vidya Murthi Trimurthikam, Kavacham Sarva Devaanam Namasye Vaarijekshanam, Sahasrasirshinam Devam Sahasraaksham Mahabhujam, Jagat-samvyaapya Thishthanthim Namasye Parameswaram, Sharanya Sharanam Devam Vishnum Jishnum Sanatanam, Neelamegha pratikamsham Namasye Chakrapaaninam, Suddham Sarvagathim Nityam Vyomarupam Sanaatanam, Bhavaabhava Vinurmuktam Namasya Sarvagum Harim, Naanyat kinchit prapashyami Vyatiriktam thvada-Achuta, Tvanmayamcha prapashyami Sarvametatcharacharam'.

Vishnu Puran Narasingh Mantra

*namaste puṇḍarīkākṣa namaste puruṣottama
ǀ
namaste sarvalokātman namaste tigmacakriṇe ǁ1ǁ*

*namo brahmaṇyadevāya gobrāhmaṇahitāya ca ǀ
jagaddhitāya kṛṣṇāya govindāya namo namaḥ ǁ2ǁ*

*brahmatve sṛjate viśvaṁ sthitau pālayate punaḥ ǀ
rudrarūpāya kalpānte namastubhyaṁ trimūrtaye ǁ3ǁ*

devā   yakṣāsurāḥ   siddhā   nāgā
gandharvakinnarāḥ ।
piśācā rākṣasāścaiva manuṣyāḥ paśavastathā
॥4॥

pakṣiṇaḥ sthāvarāścaiva pipīlikasarīsṛpāḥ ।
bhūmyāpo'gnirnabho   vāyuḥ   śabdaḥ
sparśastathā rasaḥ ॥5॥

rūpaṁ gandho mano buddhirātmā kālastathā
guṇāḥ ।
eteṣāṁ   paramārthaśca   sarvametat
tvamacyuta ॥6॥

vidyāvidye bhavān satyam asatyaṁ tvaṁ
viṣāmṛte ।
pravṛttaṁ ca nivṛttaṁ ca karma vedoditaṁ
bhavān ॥7॥

samastakarmabhoktā ca karmopakaraṇāni
ca ।
tvameva viṣṇo sarvāṇi sarvakarmaphalaṁ ca
yat ॥8॥

mayyanyatra tathānyeṣu bhūteṣu bhuvaneṣu
ca ।

tavaiva   vyāptiraiśvaryaguṇasaṁsūcikī
prabho ||9||

tvāṁ yoginaś cintayanti tvāṁ yajanti ca
yājakāḥ |
havyakavyabhug   ekaḥ   tvaṁ
pitṛdevasvarūpadhṛk ||10||

rūpaṁ mahat te sthitam atra viśvaṁ tataś ca
sūkṣmaṁ jagad etad īśa |
rūpāṇi sarvāṇi ca bhūtabhedās teṣv
antarātmākhyam atīva sūkṣmam ||11||

tasmāc ca sūkṣmād aviśeṣaṇānām agocare
yat paramātmarūpam |
kim apy acintyaṁ tava rūpam asti tasmai
namas te puruṣottamāya ||12||

sarvabhūteṣu sarvātmanya śaktir aparā tava
|
guṇāśrayā namas tasyai śāśvatāyai sureśvara
||13||

yātītago carā vācāṁ manasāṁ cāviśeṣaṇā |
jñānijñānaparicchedyā tāṁ vande sveśvarīṁ
parām ||14||

oṁ namo vāsudevāya tasmai bhagavate sadā
|
vyatiriktaṁ na yasyāsti vyatirikto'khilasya
yaḥ ||15||

namas tasmai namas tasmai namas tasmai
mahātmane |
nāma   rūpaṁ   na   yasyaiko
yo'stitvenopalabhyate ||16||

yasyāvatārarūpāṇi samarcanti divaukasaḥ |
apaśyantaḥ paraṁ rūpaṁ namas tasmai
mahātmane ||17||

yo'ntastiṣṭhan   aśeṣasya   paśyatīśaḥ
śubhāśubham |
taṁ   sarvasākṣiṇaṁ   viśvaṁ   namasye
parameśvaram ||18||

namo'stu viṣṇave tasmai yasyābhinnaṁ idaṁ
jagat |
dhyeyaḥ sa jagatām ādyaḥ sa prasīdatu

me'vyayaḥ ||19||

yatrotam etat protam ca viśvam akṣaram
avyayam |
ādhārabhūtaḥ sarvasya sa prasīdatu me
hariḥ ||20||

oṁ namo viṣṇave tasmai namas tasmai
punaḥ punaḥ |
yatra sarvaṁ yataḥ sarvaṁ yaḥ sarvaṁ
sarvasaṁśrayaḥ ||21||

sarvagatvād anantasya sa evāham avasthitaḥ
|
mattaḥ sarvam ahaṁ sarvaṁ mayi sarvaṁ
sanātane ||22||

ahamevākṣayo nityaḥ
paramātmātmasaṁśrayaḥ |
brahmasaṁjño'ham evāgre tathānte ca paraḥ
pumān ||23||

oṁ namaḥ paramārthārtha sthūlasūkṣma
kṣarākṣara ।
vyaktāvyakta kalātīta sakaleśa nirañjana
॥24॥

guṇāñjana   guṇādhāra   nirguṇātman
guṇasthita ।
mūrttāmūrtamahāmūrte   sūkṣmamūrte
sphuṭāsphuṭa ॥25॥

karālasaumyarūpātmann
vidyā'vidyāmayācyuta ।
sadasadrūpasadbhāva sadasadbhāvabhāvana
॥26॥

nityānityaprapañcātmann
niṣprapañcāmalāśrita ।
ekāneka namas tubhyaṁ vāsudevādikāraṇa
॥27॥

yaḥ sthūlasūkṣmaḥ prakaṭaprakāśo yaḥ
sarvabhūto na ca sarvabhūtaḥ ।
viśvaṁ yataś caitad aviśvahetor namo'stu
tasmai puruṣottamāya ॥28॥

CHAPTER SEVENTEEN

Vishnu Sahasranaam Stotram

ōṃ śuklāmbaradharaṃ viṣṇuṃ śaśivarṇaṃ
chaturbhujam ।
prasannavadanaṃ dhyāyēt
sarvavighnōpaśāntayē ॥ 1 ॥

yasyadviradavaktrādyāḥ pāriṣadyāḥ paraḥ
śatam ।
vighnaṃ nighnanti satataṃ viṣvaksēnaṃ
tamāśrayē ॥ 2 ॥

pūrva pīṭhikā
vyāsaṃ vasiṣṭha naptāraṃ śaktēḥ
pautramakalmaṣam ।
parāśarātmajaṃ vandē śukatātaṃ
tapōnidhim ॥ 3 ॥

*vyāsāya viṣṇu rūpāya vyāsarūpāya viṣṇavē ǀ
namō vai brahmanidhayē vāsiṣṭhāya namō
namaḥ ǁ 4 ǁ*

*avikārāya śuddhāya nityāya paramātmanē ǀ
sadaika rūpa rūpāya viṣṇavē sarvajiṣṇavē ǁ 5
ǁ*

*yasya smaraṇamātrēṇa
janmasaṃsārabandhanāt ǀ
vimuchyatē namastasmai viṣṇavē
prabhaviṣṇavē ǁ 6 ǁ*

ōṃ namō viṣṇavē prabhaviṣṇavē ǀ

*śrī vaiśampāyana uvācha
śrutvā dharmā naśēṣēṇa pāvanāni cha
sarvaśaḥ ǀ
yudhiṣṭhiraḥ śāntanavaṃ punarēvābhya
bhāṣata ǁ 7 ǁ*

yudhiṣṭhira uvācha
kimēkaṃ daivataṃ lōkē kiṃ vā'pyēkaṃ
parāyaṇaṃ
stuvantaḥ kaṃ kamarchantaḥ
prāpnuyurmānavāḥ śubham || 8 ||

kō dharmaḥ sarvadharmāṇāṃ bhavataḥ
paramō mataḥ |
kiṃ japanmuchyatē janturjanmasaṃsāra
bandhanāt || 9 ||

śrī bhīṣma uvācha
jagatprabhuṃ dēvadēva manantaṃ
puruṣōttamam |
stuvannāma sahasrēṇa puruṣaḥ
satatōtthitaḥ || 10 ||

tamēva chārchayannityaṃ bhaktyā
puruṣamavyayam |
dhyāyan stuvannamasyaṃścha
yajamānastamēva cha || 11 ||

anādi nidhanaṃ viṣṇuṃ sarvalōka
mahēśvaram |
lōkādhyakṣaṃ stuvannityaṃ sarva
duḥkhātigō bhavēt || 12 ||

brahmaṇyaṃ sarva dharmajñaṃ lōkānāṃ
kīrti vardhanam ।
lōkanāthaṃ mahadbhūtaṃ sarvabhūta
bhavōdbhavam ॥ 13 ॥

ēṣa mē sarva dharmāṇāṃ dharmō'dhika
tamōmataḥ ।
yadbhaktyā puṇḍarīkākṣaṃ
stavairarchēnnaraḥ sadā ॥ 14 ॥

paramaṃ yō mahattējaḥ paramaṃ yō
mahattapaḥ ।
paramaṃ yō mahadbrahma paramaṃ yaḥ
parāyaṇam । 15 ॥

pavitrāṇāṃ pavitraṃ yō maṅgaḷānāṃ cha
maṅgaḷam ।
daivataṃ dēvatānāṃ cha bhūtānāṃ
yō'vyayaḥ pitā ॥ 16 ॥

yataḥ sarvāṇi bhūtāni bhavantyādi
yugāgamē ।
yasmiṃścha pralayaṃ yānti punarēva
yugakṣayē ॥ 17 ॥

*tasya lōka pradhānasya jagannāthasya
bhūpatē |
viṣṇōrnāma sahasraṃ mē śruṇu pāpa
bhayāpaham || 18 ||*

*yāni nāmāni gauṇāni vikhyātāni
mahātmanaḥ |
ṛṣibhiḥ parigītāni tāni vakṣyāmi bhūtayē ||
19 ||*

*ṛṣirnāmnāṃ sahasrasya vēdavyāsō
mahāmuniḥ ||
Chandō'nuṣṭup tathā dēvō bhagavān
dēvakīsutaḥ || 20 ||*

*amṛtāṃ śūdbhavō bījaṃ
śaktirdēvakinandanaḥ |
trisāmā hṛdayaṃ tasya śāntyarthē
viniyujyatē || 21 ||*

*viṣṇuṃ jiṣṇuṃ mahāviṣṇuṃ prabhaviṣṇuṃ
mahēśvaram ||
anēkarūpa daityāntaṃ namāmi
puruṣōttamam || 22 ||*

pūrvanyāsaḥ
asya śrī viṣṇōrdivya sahasranāma stōtra
mahāmantrasya ॥
śrī vēdavyāsō bhagavān ṛṣiḥ ।
anuṣṭup Chandaḥ ।
śrīmahāviṣṇuḥ paramātmā śrīmannārāyaṇō
dēvatā ।
amṛtāṃśūdbhavō bhānuriti bījam ।
dēvakīnandanaḥ sraṣṭēti śaktiḥ ।
udbhavaḥ, kṣōbhaṇō dēva iti
paramōmantraḥ ।
śaṅkhabhṛnnandakī chakrīti kīlakam ।
śārṅgadhanvā gadādhara ityastram ।
rathāṅgapāṇi rakṣōbhya iti nētram ।
trisāmāsāmagaḥ sāmēti kavacham ।
ānandaṃ parabrahmēti yōniḥ ।
ṛtussudarśanaḥ kāla iti digbandhaḥ ॥
śrīviśvarūpa iti dhyānam ।
śrī mahāviṣṇu prītyarthē sahasranāma japē
pārāyaṇē viniyōgaḥ ।

karanyāsaḥ
viśvaṃ viṣṇurvaṣaṭkāra ityaṅguṣṭhābhyāṃ
namaḥ
amṛtāṃ śūdbhavō bhānuriti tarjanībhyāṃ
namaḥ
brahmaṇyō brahmakṛt brahmēti
madhyamābhyāṃ namaḥ
suvarṇabindu rakṣōbhya iti anāmikābhyāṃ

namaḥ
nimiṣō'nimiṣaḥ sragvīti kaniṣṭhikābhyāṃ
namaḥ
rathāṅgapāṇi rakṣōbhya iti karatala
karapṛṣṭhābhyāṃ namaḥ

aṅganyāsaḥ
suvrataḥ sumukhaḥ sūkṣma iti jñānāya
hṛdayāya namaḥ
sahasramūrtiḥ viśvātmā iti aiśvaryāya śirasē
svāhā
sahasrārchiḥ saptajihva iti śaktyai śikhāyai
vaṣaṭ
trisāmā sāmagassāmēti balāya kavachāya
huṃ
rathāṅgapāṇi rakṣōbhya iti nētrābhyāṃ
vauṣaṭ
śāṅgadhanvā gadādhara iti vīryāya
astrāyaphaṭ
ṛtuḥ sudarśanaḥ kāla iti digbhandhaḥ

dhyānam
kṣīrōdhanvatpradēśē śuchimaṇi-vilasa-
tsaikatē-mauktikānāṃ
mālā-kLiptāsanasthaḥ sphaṭika-maṇinibhai-
rmauktikai-rmaṇḍitāṅgaḥ ।
śubhrai-rabhrai-radabhrai-ruparivirachitai-
rmukta pīyūṣa varṣaiḥ
ānandī naḥ punīyā-darinalinagadā
śaṅkhapāṇi-rmukundaḥ ॥ 1 ॥

bhūḥ pādau yasya nābhirviya-dasura
nilaśchandra sūryau cha nētrē
karṇāvāśāḥ śirōdyaurmukhamapi dahanō
yasya vāstēyamabdhiḥ ।
antaḥsthaṃ yasya viśvaṃ sura
narakhagagōbhōgi gandharvadaityaiḥ
chitraṃ raṃ ramyatē taṃ tribhuvana
vapuśaṃ viṣṇumīśaṃ namāmi ॥ 2 ॥

ōṃ namō bhagavatē vāsudēvāya !

śāntākāraṃ bhujagaśayanaṃ padmanābhaṃ
surēśaṃ
viśvādhāraṃ gaganasadṛśaṃ mēghavarṇaṃ
śubhāṅgam ।
lakṣmīkāntaṃ kamalanayanaṃ
yōgihṛrdhyānagamyam
vandē viṣṇuṃ bhavabhayaharaṃ

sarvalōkaikanātham || 3 ||

mēghaśyāmaṃ pītakauśēyavāsaṃ
śrīvatsākaṃ kaustubhōdbhāsitāṅgam |
puṇyōpētaṃ puṇḍarīkāyatākṣaṃ
viṣṇuṃ vandē sarvalōkaikanātham || 4 ||

namaḥ samasta bhūtānāṃ ādi bhūtāya
bhūbhṛtē |
anēkarūpa rūpāya viṣṇavē prabhaviṣṇavē ||
5 ||

saśaṅkhachakraṃ sakirīṭakuṇḍalaṃ
sapītavastraṃ sarasīruhēkṣaṇam |
sahāra vakṣaḥsthala śōbhi kaustubhaṃ
namāmi viṣṇuṃ śirasā chaturbhujam | 6 ||

Chāyāyāṃ pārijātasya hēmasiṃhāsanōpari
āsīnamambudaśyāmamāyatākṣamalaṅkṛtam
|| 7 ||

chandrānanaṃ chaturbāhuṃ śrīvatsāṅkita
vakṣasam
rukmiṇī satyabhāmābhyāṃ sahitaṃ
kṛṣṇamāśrayē || 8 ||

pañchapūja
laṃ - pṛthivyātmanē ganthaṃ samarpayāmi
haṃ - ākāśātmanē puṣpaiḥ pūjayāmi
yaṃ - vāyvātmanē dhūpamāghrāpayāmi
raṃ - agnyātmanē dīpaṃ darśayāmi
vaṃ - amṛtātmanē naivēdyaṃ nivēdayāmi
saṃ - sarvātmanē sarvōpachāra pūjā
namaskārān samarpayāmi

stōtram

hariḥ ōm

viśvaṃ viṣṇurvaṣaṭkārō
bhūtabhavyabhavatprabhuḥ ।
bhūtakṛdbhūtabhṛdbhāvō bhūtātmā
bhūtabhāvanaḥ ॥ 1 ॥

pūtātmā paramātmā cha muktānāṃ
paramāgatiḥ ।
avyayaḥ puruṣaḥ sākṣī kṣētrajñō'kṣara ēva
cha ॥ 2 ॥

yōgō yōgavidāṃ nētā pradhāna puruṣēśvaraḥ
।
nārasiṃhavapuḥ śrīmān kēśavaḥ

puruṣōttamaḥ ‖ 3 ‖

*sarvaḥ śarvaḥ śivaḥ
sthāṇurbhūtādirnidhiravyayaḥ ।
sambhavō bhāvanō bhartā prabhavaḥ
prabhurīśvaraḥ ‖ 4 ‖*

*svayambhūḥ śambhurādityaḥ puṣkarākṣō
mahāsvanaḥ ।
anādinidhanō dhātā vidhātā dhāturuttamaḥ
‖ 5 ‖*

*apramēyō hṛṣīkēśaḥ
padmanābhō'maraprabhuḥ ।
viśvakarmā manustvaṣṭā sthaviṣṭhaḥ
sthavirō dhruvaḥ ‖ 6 ‖*

*agrāhyaḥ śāśvatō kṛṣṇō lōhitākṣaḥ
pratardanaḥ ।
prabhūtastrikakubdhāma pavitraṃ
maṅgaḷaṃ param ‖ 7 ‖*

*īśānaḥ prāṇadaḥ prāṇō jyēṣṭhaḥ śrēṣṭhaḥ
prajāpatiḥ |
hiraṇyagarbhō bhūgarbhō mādhavō
madhusūdanaḥ ‖ 8 ‖*

*īśvarō vikramīdhanvī mēdhāvī vikramaḥ
kramaḥ |
anuttamō durādharṣaḥ kṛtajñaḥ
kṛtirātmavān ‖ 9 ‖*

*surēśaḥ śaraṇam śarma viśvarētāḥ
prajābhavaḥ |
ahassaṃvatsarō vyāḷaḥ pratyayaḥ
sarvadarśanaḥ ‖ 10 ‖*

*ajassarvēśvaraḥ siddhaḥ siddhiḥ
sarvādirachyutaḥ |
vṛṣākapiramēyātmā sarvayōgavinissṛtaḥ ‖
11 ‖*

*vasurvasumanāḥ satyaḥ samātmā
sammitassamaḥ |
amōghaḥ puṇḍarīkākṣō vṛṣakarmā vṛṣākṛtiḥ
‖ 12 ‖*

*rudrō bahuśirā babhrurviśvayōniḥ
śuchiśravāḥ |
amṛtaḥ śāśvatasthāṇurvarārōhō mahātapāḥ
|| 13 ||*

*sarvagaḥ sarva vidbhānurviṣvaksēnō
janārdanaḥ |
vēdō vēdavidavyaṅgō vēdāṅgō vēdavitkaviḥ ||
14 ||*

*lōkādhyakṣaḥ surādhyakṣō dharmādhyakṣaḥ
kṛtākṛtaḥ |
chaturātmā
chaturvyūhaśchaturdaṃṣṭraśchaturbhujaḥ ||
15 ||*

*bhrājiṣṇurbhōjanaṃ bhōktā
sahiṣṇurjagadādijaḥ |
anaghō vijayō jētā viśvayōniḥ punarvasuḥ ||
16 ||*

*upēndrō vāmanaḥ prāṃśuramōghaḥ
śuchirūrjitaḥ |
atīndraḥ saṅgrahaḥ sargō dhṛtātmā niyamō
yamaḥ || 17 ||*

vēdyō vaidyaḥ sadāyōgī vīrahā mādhavō
madhuḥ ǀ
atīndriyō mahāmāyō mahōtsāhō mahābalaḥ
ǁ 18 ǁ

mahābuddhirmahāvīryō
mahāśaktirmahādyutiḥ ǀ
anirdēśyavapuḥ śrīmānamēyātmā
mahādridhṛk ǁ 19 ǁ

mahēśvāsō mahībhartā śrīnivāsaḥ satāṅgatiḥ
ǀ
aniruddhaḥ surānandō gōvindō gōvidāṃ
patiḥ ǁ 20 ǁ

marīchirdamanō haṃsaḥ suparṇō
bhujagōttamaḥ ǀ
hiraṇyanābhaḥ sutapāḥ padmanābhaḥ
prajāpatiḥ ǁ 21 ǁ

amṛtyuḥ sarvadṛk siṃhaḥ sandhātā
sandhimān sthiraḥ ǀ
ajō durmarṣaṇaḥ śāstā viśrutātmā surārihā
ǁ 22 ǁ

gururgurutamō dhāma satyaḥ
satyaparākramaḥ |
nimiṣō'nimiṣaḥ sragvī vāchaspatirudāradhīḥ
|| 23 ||

agraṇīgrāmaṇīḥ śrīmān nyāyō nētā
samīraṇaḥ
sahasramūrdhā viśvātmā sahasrākṣaḥ
sahasrapāt || 24 ||

āvartanō nivṛttātmā saṃvṛtaḥ
sampramardanaḥ |
ahaḥ saṃvartakō vahniranilō dharaṇīdharaḥ
|| 25 ||

suprasādaḥ prasannātmā
viśvadhṛgviśvabhugvibhuḥ |
satkartā satkṛtaḥ sādhurjahnurnārāyaṇō
naraḥ || 26 ||

asaṅkhyēyō'pramēyātmā viśiṣṭaḥ
śiṣṭakṛchChuchiḥ |
siddhārthaḥ siddhasaṅkalpaḥ siddhidaḥ
siddhi sādhanaḥ || 27 ||

vṛṣāhī vṛṣabhō viṣṇurvṛṣaparvā vṛṣōdaraḥ ।
vardhanō vardhamānaścha viviktaḥ
śrutisāgaraḥ ॥ 28 ॥

subhujō durdharō vāgmī mahēndrō vasudō
vasuḥ ।
naikarūpō bṛhadrūpaḥ śipiviṣṭaḥ prakāśanaḥ
॥ 29 ॥

ōjastējōdyutidharaḥ prakāśātmā pratāpanaḥ
।
ṛddaḥ spaṣṭākṣarō
mantraśchandrāṃśurbhāskaradyutiḥ ॥ 30 ॥

amṛtāṃśūdbhavō bhānuḥ śaśabinduḥ
surēśvaraḥ ।
auṣadhaṃ jagataḥ sētuḥ
satyadharmaparākramaḥ ॥ 31 ॥

bhūtabhavyabhavannāthaḥ pavanaḥ
pāvanō'nalaḥ ।
kāmahā kāmakṛtkāntaḥ kāmaḥ kāmapradaḥ
prabhuḥ ॥ 32 ॥

yugādi kṛdyugāvartō naikamāyō mahāśanaḥ
।

adṛśyō vyaktarūpaścha sahasrajidanantajit ‖ 33 ‖

iṣṭō'viśiṣṭaḥ śiṣṭēṣṭaḥ śikhaṇḍī nahuṣō vṛṣaḥ ǀ
krōdhahā krōdhakṛtkartā viśvabāhurmahīdharaḥ ‖ 34 ‖

achyutaḥ prathitaḥ prāṇaḥ prāṇadō vāsavānujaḥ ǀ
apānnidhiradhiṣṭhānamapramattaḥ pratiṣṭhitaḥ ‖ 35 ‖

skandaḥ skandadharō dhuryō varadō vāyuvāhanaḥ ǀ
vāsudēvō bṛhadbhānurādidēvaḥ purandharaḥ ‖ 36 ‖

aśōkastāraṇastāraḥ śūraḥ śaurirjanēśvaraḥ ǀ
anukūlaḥ śatāvartaḥ padmī padmanibhēkṣaṇaḥ ‖ 37 ‖

padmanābhō'ravindākṣaḥ padmagarbhaḥ
śarīrabhṛt |
mahardhirṛddhō vṛddhātmā mahākṣō
garuḍadhvajaḥ || 38 ||

atulaḥ śarabhō bhīmaḥ samayajñō
havirhariḥ |
sarvalakṣaṇalakṣaṇyō lakṣmīvān
samitiñjayaḥ || 39 ||

vikṣarō rōhitō mārgō hēturdāmōdaraḥ sahaḥ
|
mahīdharō mahābhāgō vēgavānamitāśanaḥ ||
40 ||

udbhavaḥ, kṣōbhaṇō dēvaḥ śrīgarbhaḥ
paramēśvaraḥ |
karaṇam kāraṇam kartā vikartā gahanō
guhaḥ || 41 ||

vyavasāyō vyavasthānaḥ saṃsthānaḥ
sthānadō dhruvaḥ |
parardhiḥ paramaspaṣṭaḥ tuṣṭaḥ puṣṭaḥ
śubhēkṣaṇaḥ || 42 ||

rāmō virāmō virajō mārgōnēyō nayō'nayaḥ ।
vīraḥ śaktimatāṃ śrēṣṭhō dharmōdharma
viduttamaḥ ॥ 43 ॥

vaikuṇṭhaḥ puruṣaḥ prāṇaḥ prāṇadaḥ
praṇavaḥ pṛthuḥ ।
hiraṇyagarbhaḥ śatrughnō vyāptō
vāyuradhōkṣajaḥ ॥ 44 ॥

ṛtuḥ sudarśanaḥ kālaḥ paramēṣṭhī
parigrahaḥ ।
ugraḥ saṃvatsarō dakṣō viśrāmō
viśvadakṣiṇaḥ ॥ 45 ॥

vistāraḥ sthāvara sthāṇuḥ pramāṇaṃ
bījamavyayam ।
arthō'narthō mahākōśō mahābhōgō
mahādhanaḥ ॥ 46 ॥

anirviṇṇaḥ sthaviṣṭhō bhūrdharmayūpō
mahāmakhaḥ ।
nakṣatranēmirnakṣatrī kṣamaḥ, kṣāmaḥ
samīhanaḥ ॥ 47 ॥

yajña ijyō mahējyaścha kratuḥ satraṃ
satāṅgatiḥ ।

sarvadarśī vimuktātmā sarvajñō
jñānamuttamam || 48 ||

suvrataḥ sumukhaḥ sūkṣmaḥ sughōṣaḥ
sukhadaḥ suhṛt |
manōharō jitakrōdhō vīra bāhurvidāraṇaḥ ||
49 ||

svāpanaḥ svavaśō vyāpī naikātmā
naikakarmakṛt | |
vatsarō vatsalō vatsī ratnagarbhō
dhanēśvaraḥ || 50 ||

dharmagubdharmakṛddharmī
sadasatkṣaramakṣaram ||
avijñātā sahastrāṃśurvidhātā kṛtalakṣaṇaḥ
|| 51 ||

gabhastinēmiḥ sattvasthaḥ siṃhō bhūta
mahēśvaraḥ |
ādidēvō mahādēvō dēvēśō dēvabhṛdguruḥ ||
52 ||

uttarō gōpatirgōptā jñānagamyaḥ purātanaḥ
|
śarīra bhūtabhṛd bhōktā kapīndrō

bhūridakṣiṇaḥ || 53 ||

sōmapō'mṛtapaḥ sōmaḥ purujit
purusattamaḥ |
vinayō jayaḥ satyasandhō dāśārhaḥ sātvatāṃ
patiḥ || 54 ||

jīvō vinayitā sākṣī mukundō'mita vikramaḥ |
ambhōnidhiranantātmā mahōdadhi
śayōntakaḥ || 55 ||

ajō mahārhaḥ svābhāvyō jitāmitraḥ
pramōdanaḥ |
ānandō'nandanōnandaḥ satyadharmā
trivikramaḥ || 56 ||

maharṣiḥ kapilāchāryaḥ kṛtajñō mēdinīpatiḥ
|
tripadastridaśādhyakṣō mahāśṛṅgaḥ
kṛtāntakṛt || 57 ||

mahāvarāhō gōvindaḥ suṣēṇaḥ kanakāṅgadī
|
guhyō gabhīrō gahanō guptaśchakra
gadādharaḥ || 58 ||

vēdhāḥ svāṅgō'jitaḥ kṛṣṇō dṛdhaḥ
saṅkarṣaṇō'chyutaḥ ।
varuṇō vāruṇō vṛkṣaḥ puṣkarākṣō
mahāmanāḥ ॥ 59 ॥

bhagavān bhagahā''nandī vanamālī
halāyudhaḥ ।
ādityō jyōtirādityaḥ sahiṣṇurgatisattamaḥ ॥
60 ॥

sudhanvā khaṇḍaparaśurdāruṇō
draviṇapradaḥ ।
divaḥspṛk sarvadṛgvyāsō
vāchaspatirayōnijaḥ ॥ 61 ॥

trisāmā sāmagaḥ sāma nirvāṇam bhēṣajam
bhiṣak ।
sanyāsakṛchChamaḥ śāntō niṣṭhā śāntiḥ
parāyaṇam। 62 ॥

śubhāṅgaḥ śāntidaḥ sraṣṭā kumudaḥ
kuvalēśayaḥ ।
gōhitō gōpatirgōptā vṛṣabhākṣō vṛṣapriyaḥ ॥
63 ॥

anivartī nivṛttātmā saṅkṣēptā
kṣēmakṛchChivaḥ |
śrīvatsavakṣāḥ śrīvāsaḥ śrīpatiḥ
śrīmatāṃvaraḥ || 64 ||

śrīdaḥ śrīśaḥ śrīnivāsaḥ śrīnidhiḥ
śrīvibhāvanaḥ |
śrīdharaḥ śrīkaraḥ śrēyaḥ
śrīmā˘llōkatrayāśrayaḥ || 65 ||

svakṣaḥ svaṅgaḥ śatānandō
nandirjyōtirgaṇēśvaraḥ |
vijitātmā'vidhēyātmā
satkīrtichChinnasaṃśayaḥ || 66 ||

udīrṇaḥ sarvataśchakṣuranīśaḥ
śāśvatasthiraḥ |
bhūśayō bhūṣaṇō bhūtirviśōkaḥ śōkanāśanaḥ
|| 67 ||

archiṣmānarchitaḥ kumbhō viśuddhātmā
viśōdhanaḥ |
aniruddhō'pratirathaḥ
pradyumnō'mitavikramaḥ || 68 ||

kālanēminihā vīraḥ śauriḥ śūrajanēśvaraḥ |
trilōkātmā trilōkēśaḥ kēśavaḥ kēśihā hariḥ ||
69 ||

kāmadēvaḥ kāmapālaḥ kāmī kāntaḥ
kṛtāgamaḥ |
anirdēśyavapurviṣṇurvīrō'nantō
dhanañjayaḥ || 70 ||

brahmaṇyō brahmakṛd brahmā brahma
brahmavivardhanaḥ |
brahmavid brāhmaṇō brahmī brahmajñō
brāhmaṇapriyaḥ || 71 ||

mahākramō mahākarmā mahātējā
mahōragaḥ |
mahākraturmahāyajvā mahāyajñō
mahāhaviḥ || 72 ||

stavyaḥ stavapriyaḥ stōtraṃ stutiḥ stōtā
raṇapriyaḥ |
pūrṇaḥ pūrayitā puṇyaḥ
puṇyakīrtiranāmayaḥ || 73 ||

manōjavastīrthakarō vasurētā vasupradaḥ |
vasupradō vāsudēvō vasurvasumanā haviḥ ||

74 ||

sadgatiḥ satkṛtiḥ sattā sadbhūtiḥ
satparāyaṇaḥ |
śūrasēnō yaduśrēṣṭhaḥ sannivāsaḥ
suyāmunaḥ *|| 75 ||*

bhūtāvāsō vāsudēvaḥ sarvāsunilayō'nalaḥ |
darpahā darpadō dṛptō
durdharō'thāparājitaḥ *|| 76 ||*

viśvamūrtirmahāmūrtirdīptamūrtiramūrtimān
|
anēkamūrtiravyaktaḥ śatamūrtiḥ śatānanaḥ
|| 77 ||

ēkō naikaḥ stavaḥ kaḥ kiṃ yattat
padamanuttamam |
lōkabandhurlōkanāthō mādhavō
bhaktavatsalaḥ *|| 78 ||*

suvarṇavarṇō hēmāṅgō
varāṅgaśchandanāṅgadī |
vīrahā viṣamaḥ śūnyō ghṛtāśīrachalaśchalaḥ
|| 79 ||

amānī mānadō mānyō lōkasvāmī trilōkadhṛt
|
sumēdhā mēdhajō dhanyaḥ satyamēdhā
dharādharaḥ || 80 ||

tējō'vṛṣō dyutidharaḥ
sarvaśastrabhṛtāṃvaraḥ |
pragrahō nigrahō vyagrō naikaśṛṅgō
gadāgrajaḥ || 81 ||

chaturmūrti śchaturbāhu śchaturvyūha
śchaturgatiḥ |
chaturātmā
chaturbhāvaśchaturvēdavidēkapāt || 82 ||

samāvartō'nivṛttātmā durjayō duratikramaḥ
|
durlabhō durgamō durgō durāvāsō durārihā
|| 83 ||

śubhāṅgō lōkasāraṅgaḥ
sutantustantuvardhanaḥ |
indrakarmā mahākarmā kṛtakarmā
kṛtāgamaḥ || 84 ||

*udbhavaḥ sundaraḥ sundō ratnanābhaḥ
sulōchanaḥ |
arkō vājasanaḥ śṛṅgī jayantaḥ sarvavijjayī ||
85 ||*

*suvarṇabindurakṣōbhyaḥ
sarvavāgīśvarēśvaraḥ |
mahāhṛdō mahāgartō mahābhūtō
mahānidhiḥ || 86 ||*

*kumudaḥ kundaraḥ kundaḥ parjanyaḥ
pāvanō'nilaḥ |
amṛtāśō'mṛtavapuḥ sarvajñaḥ
sarvatōmukhaḥ || 87 ||*

*sulabhaḥ suvrataḥ siddhaḥ
śatrujichChatrutāpanaḥ |
nyagrōdhō'dumbarō'śvatthaśchāṇūrāndhra
niṣūdanaḥ || 88 ||*

*sahasrārchiḥ saptajihvaḥ saptaidhāḥ
saptavāhanaḥ |
amūrtiranaghō'chintyō
bhayakṛdbhayanāśanaḥ || 89 ||*

aṇurbṛhatkṛśaḥ sthūlō guṇabhṛnnirguṇō
mahān |
adhṛtaḥ svadhṛtaḥ svāsyaḥ prāgvaṃśō
vaṃśavardhanaḥ || 90 ||

bhārabhṛt kathitō yōgī yōgīśaḥ
sarvakāmadaḥ |
āśramaḥ śramaṇaḥ, kṣāmaḥ suparṇō
vāyuvāhanaḥ || 91 ||

dhanurdharō dhanurvēdō daṇḍō damayitā
damaḥ |
aparājitaḥ sarvasahō niyantā'niyamō'yamaḥ
|| 92 ||

sattvavān sāttvikaḥ satyaḥ
satyadharmaparāyaṇaḥ |
abhiprāyaḥ priyārhō'rhaḥ priyakṛt
prītivardhanaḥ || 93 ||

vihāyasagatirjyōtiḥ suruchirhutabhugvibhuḥ
|
ravirvirōchanaḥ sūryaḥ savitā ravilōchanaḥ
|| 94 ||

anantō hutabhugbhōktā sukhadō
naikajō'grajaḥ |
anirviṇṇaḥ sadāmarṣī
lōkadhiṣṭhānamadbhutaḥ || 95 ||

sanātsanātanatamaḥ kapilaḥ kapiravyayaḥ |
svastidaḥ svastikṛtsvastiḥ svastibhuk
svastidakṣiṇaḥ || 96 ||

araudraḥ kuṇḍalī chakrī
vikramyūrjitaśāsanaḥ |
śabdātigaḥ śabdasahaḥ śiśiraḥ śarvarīkaraḥ
|| 97 ||

akrūraḥ pēśalō dakṣō dakṣiṇaḥ,
kṣamiṇāṃvaraḥ |
vidvattamō vītabhayaḥ
puṇyaśravaṇakīrtanaḥ || 98 ||

uttāraṇō duṣkṛtihā puṇyō
duḥsvapnanāśanaḥ |
vīrahā rakṣaṇaḥ santō jīvanaḥ
paryavasthitaḥ || 99 ||

anantarūpō'nanta
śrīrjitamanyurbhayāpahaḥ |

*chaturaśrō gabhīrātmā vidiśō vyādiśō diśaḥ ǁ
100 ǁ*

*anādirbhūrbhuvō lakṣmīḥ suvīrō
ruchirāṅgadaḥ ǀ
jananō janajanmādirbhīmō
bhīmaparākramaḥ ǁ 101 ǁ*

*ādhāranilayō'dhātā puṣpahāsaḥ prajāgaraḥ ǀ
ūrdhvagaḥ satpathāchāraḥ prāṇadaḥ
praṇavaḥ paṇaḥ ǁ 102 ǁ*

*pramāṇaṃ prāṇanilayaḥ prāṇabhṛt
prāṇajīvanaḥ ǀ
tattvaṃ tattvavidēkātmā
janmamṛtyujarātigaḥ ǁ 103 ǁ*

*bhūrbhuvaḥ svastarustāraḥ savitā
prapitāmahaḥ ǀ
yajñō yajñapatiryajvā yajñāṅgō
yajñavāhanaḥ ǁ 104 ǁ*

*yajñabhṛd yajñakṛd yajñī yajñabhuk
yajñasādhanaḥ ǀ
yajñāntakṛd yajñaguhyamannamannāda ēva
cha ǁ 105 ǁ*

*ātmayōniḥ svayañjātō vaikhānaḥ
sāmagāyanaḥ ǀ
dēvakīnandanaḥ sraṣṭā kṣitīśaḥ
pāpanāśanaḥ ǁ 106 ǁ*

*śaṅkhabhṛnnandakī chakrī śārṅgadhanvā
gadādharaḥ ǀ
rathāṅgapāṇirakṣōbhyaḥ
sarvapraharaṇāyudhaḥ ǁ 107 ǁ*

śrī sarvapraharaṇāyudha ōṃ nama iti ǀ

*vanamālī gadī śārṅgī śaṅkhī chakrī cha
nandakī ǀ
śrīmānnārāyaṇō viṣṇurvāsudēvō'bhirakṣatu
ǁ 108 ǁ*

śrī vāsudēvō'bhirakṣatu ōṃ nama iti ǀ

uttara pīṭhikā

phalaśrutiḥ
itīdaṃ kīrtanīyasya kēśavasya mahātmanaḥ ।
nāmnāṃ sahasraṃ divyānāmaśēṣēṇa
prakīrtitam । ॥ 1 ॥

ya idaṃ śṛṇuyānnityaṃ yaśchāpi
parikīrtayēt ॥
nāśubhaṃ prāpnuyāt kiñchitsō'mutrēha cha
mānavaḥ ॥ 2 ॥

vēdāntagō brāhmaṇaḥ syāt kṣatriyō vijayī
bhavēt ।
vaiśyō dhanasamṛddhaḥ syāt śūdraḥ
sukhamavāpnuyāt ॥ 3 ॥

dharmārthī prāpnuyāddharmamarthārthī
chārthamāpnuyāt ।
kāmānavāpnuyāt kāmī prajārthī
prāpnuyātprajām । ॥ 4 ॥

bhaktimān yaḥ sadōtthāya
śuchistadgatamānasaḥ |
sahasraṃ vāsudēvasya nāmnāmētat
prakīrtayēt || 5 ||

yaśaḥ prāpnōti vipulaṃ yātiprādhānyamēva
cha |
achalāṃ śriyamāpnōti śrēyaḥ
prāpnōtyanuttamam| || 6 ||

na bhayaṃ kvachidāpnōti vīryaṃ tējaścha
vindati |
bhavatyarōgō dyutimān balarūpa guṇānvitaḥ
|| 7 ||

rōgārtō muchyatē rōgādbaddhō muchyēta
bandhanāt |
bhayānmuchyēta bhītastu muchyētāpanna
āpadaḥ || 8 ||

durgāṇyatitaratyāśu puruṣaḥ puruṣōttamam
|
stuvannāmasahasrēṇa nityaṃ
bhaktisamanvitaḥ || 9 ||

vāsudēvāśrayō martyō vāsudēvaparāyaṇaḥ |
sarvapāpaviśuddhātmā yāti brahma
sanātanam | || 10 ||

na vāsudēva bhaktānāmaśubhaṃ vidyatē
kvachit |
janmamṛtyujarāvyādhibhayaṃ naivōpajāyatē
|| 11 ||

imaṃ stavamadhīyānaḥ
śraddhābhaktisamanvitaḥ |
yujyētātma sukhakṣānti śrīdhṛti smṛti
kīrtibhiḥ || 12 ||

na krōdhō na cha mātsaryaṃ na lōbhō
nāśubhāmatiḥ |
bhavanti kṛtapuṇyānāṃ bhaktānāṃ
puruṣōttamē || 13 ||

dyauḥ sachandrārkanakṣatrā khaṃ diśō
bhūrmahōdadhiḥ |
vāsudēvasya vīryēṇa vidhṛtāni mahātmanaḥ
|| 14 ||

sasurāsuragandharvaṃ
sayakṣōragarākṣasam |

*jagadvaśē vartatēdaṃ kṛṣṇasya sa
charācharam ǀ ǁ 15 ǁ*

*indriyāṇi manōbuddhiḥ sattvaṃ tējō balaṃ
dhṛtiḥ ǀ
vāsudēvātmakānyāhuḥ, kṣētraṃ kṣētrajña
ēva cha ǁ 16 ǁ*

*sarvāgamānāmāchāraḥ prathamaṃ
parikalpatē ǀ
āchāraprabhavō dharmō dharmasya
prabhurachyutaḥ ǁ 17 ǁ*

*ṛṣayaḥ pitarō dēvā mahābhūtāni dhātavaḥ ǀ
jaṅgamājaṅgamaṃ chēdaṃ
jagannārāyaṇōdbhavam ǁ 18 ǁ*

*yōgōjñānaṃ tathā sāṅkhyaṃ vidyāḥ
śilpādikarma cha ǀ
vēdāḥ śāstrāṇi vijñānamētatsarvaṃ
janārdanāt ǁ 19 ǁ*

ēkō viṣṇurmahadbhūtaṃ
pṛthagbhūtānyanēkaśaḥ |
trīmlōkānvyāpya bhūtātmā bhunktē
viśvabhugavyayaḥ || 20 ||

imaṃ stavaṃ bhagavatō viṣṇōrvyāsēna
kīrtitam |
paṭhēdya ichchētpuruṣaḥ śrēyaḥ prāptuṃ
sukhāni cha || 21 ||

viśvēśvaramajaṃ dēvaṃ jagataḥ
prabhumavyayam |
bhajanti yē puṣkarākṣaṃ na tē yānti
parābhavam || 22 ||

na tē yānti parābhavaṃ ōṃ nama iti |

arjuna uvācha
padmapatra viśālākṣa padmanābha
surōttama |
bhaktānā manuraktānāṃ trātā bhava
janārdana || 23 ||

śrībhagavānuvācha
yō māṃ nāmasahasrēṇa stōtumichChati
pāṇḍava |

sō'hamēkēna ślōkēna stuta ēva na saṃśayaḥ
‖ 24 ‖

stuta ēva na saṃśaya ōṃ nama iti ǀ

vyāsa uvācha
vāsanādvāsudēvasya vāsitaṃ bhuvanatrayam
ǀ
sarvabhūtanivāsō'si vāsudēva namō'stu tē ‖
25 ‖

śrīvāsudēva namōstuta ōṃ nama iti ǀ

pārvatyuvācha
kēnōpāyēna laghunā viṣṇōrnāmasahasrakam
ǀ
paṭhyatē paṇḍitairnityaṃ
śrōtumichChāmyahaṃ prabhō ‖ 26 ǀ

īśvara uvācha
śrīrāma rāma rāmēti ramē rāmē manōramē ǀ
sahasranāma tattulyaṃ rāmanāma varānanē
‖ 27 ‖

śrīrāma nāma varānana ōṃ nama iti ।

brahmōvācha
namō'stvanantāya sahasramūrtayē
sahasrapādākṣiśirōrubāhavē ।
sahasranāmnē puruṣāya śāśvatē sahasrakōṭī
yugadhāriṇē namaḥ ॥ 28 ॥

śrī sahasrakōṭī yugadhāriṇē nama ōṃ nama
iti ।

sañjaya uvācha
yatra yōgēśvaraḥ kṛṣṇō yatra pārthō
dhanurdharaḥ ।
tatra śrīrvijayō bhūtirdhruvā
nītirmatirmama ॥ 29 ॥

śrī bhagavān uvācha
ananyāśchintayantō māṃ yē janāḥ
paryupāsatē ।
tēṣāṃ nityābhiyuktānāṃ yōgakṣēmaṃ
vahāmyaham। ॥ 30 ॥

paritrāṇāya sādhūnāṃ vināśāya cha
duṣkṛtām। ।
dharmasaṃsthāpanārthāya sambhavāmi

yugē yugē || 31 ||

ārtāḥ viṣaṇṇāḥ śithilāścha bhītāḥ ghōrēṣu
cha vyādhiṣu vartamānāḥ |
saṅkīrtya nārāyaṇaśabdamātram
vimuktaduḥkhāḥ sukhinō bhavanti || 32 ||

kāyēna vāchā manasēndriyairvā
buddhyātmanā vā prakṛtēḥ svabhāvāt |
karōmi yadyatsakalam parasmai
nārāyaṇāyēti samarpayāmi || 33 ||

yadakṣara padabhraṣṭam mātrāhīnam tu
yadbhavēt
tathsarvam kṣamyatām dēva nārāyaṇa
namō'stu tē |
visarga bindu mātrāṇi padapādākṣarāṇi cha
nyūnāni chātiriktāni kṣamasva
puruṣōttamaḥ ||

iti śrī mahābhāratē śatasāhasrikāyām
saṃhitāyām vaiyāsikyāmanuśāsana
parvāntargata ānuśāsanika parvaṇi,
mōkṣadharmē bhīṣma yudhiṣṭhira saṃvādē
śrī viṣṇōrdivya sahasranāma stōtram
nāmaikōna pañcha śatādhika
śatatamōdhyāyaḥ ||

śrī viṣṇu sahasranāma stōtraṃ samāptam ॥
ōṃ tatsat sarvaṃ śrī kṛṣṇārpaṇamastu ॥

CHAPTER EIGHTEEN

Gopal sahasranaam stotram

kailāsaśikharē ramyē gaurī papraccha śaṅkaram |
brahmāṇḍākhilanāthastvaṁ sṛṣṭisamhārakārakaḥ || 1 ||

tvamēva pūjyasē lōkairbrahmaviṣṇusurādibhiḥ |
nityaṁ paṭhasi dēvēśa kasya stōtram mahēśvara || 2 ||

āścaryamidamatyantaṁ jāyatē mama śaṅkara |
tatprāṇēśa mahāprājña samśayaṁ chindhi mē prabhō || 3 ||

śrīmahādēva uvāca-
dhanyāsi kṛtapuṇyāsi pārvati prāṇavallabhē |
rahasyātirahasyaṁ ca yatpṛcchasi varānanē
|| 4 ||

strīsvabhāvānmahādēvi   punastvaṁ
paripṛcchasi |
gōpanīyaṁ   gōpanīyaṁ   gōpanīyaṁ
prayatnataḥ || 5 ||

dattē   ca   siddhihāniḥ   syāttasmādyatnēna
gōpayēt |
idaṁ   rahasyaṁ   paramaṁ
puruṣārthapradāyakam || 6 ||

dhanaratnaughamāṇikyaṁ   turaṅgaṁ   ca
gajādikam |
dadāti smaraṇādēva mahāmōkṣapradāyakam
|| 7 ||

tattē:'haṁ   sampravakṣyāmi   śṛṇuṣvāvahitā
priyē |
yō:'sau nirañjanō dēvaścitsvarūpī janārdanaḥ
|| 8 ||

saṁsārasāgarōttārakāraṇāya nṛṇāṁ sadā |
śrīraṅgādikarūpēṇa trailōkyaṁ vyāpya
tiṣṭhati || 9 ||

tatō lōkā mahāmūḍhā viṣṇubhaktivivarjitāḥ |
niścayaṁ nādhigacchanti punarnārāyaṇō
hariḥ || 10 ||

nirañjanō nirākārō bhaktānāṁ prītikāmadaḥ
|
bṛndāvanavihārāya gōpālaṁ rūpamudvahan
|| 11 ||

muralīvādanādhārī rādhāyai prītimāvahan |
aṁśāṁśēbhyaḥ samunmīlya
pūrṇarūpakalāyutaḥ || 12 ||

śrīkṛṣṇacandrō bhagavān
nandagōpavarōdyataḥ |
dharaṇīrūpiṇī mātā yaśōdā nandagēhinī || 13
||

dvābhyāṁ prayācitō nāthō dēvakyāṁ
vasudēvataḥ |
brahmaṇā:'bhyarthitō dēvō dēvairapi
surēśvaraḥ || 14 ||

jātō:'vanyāṁ ca muditō muralīvācanēcchayā |
śriyā sārdhaṁ vacaḥ kṛtvā tatō jātō mahītalē
|| 15 ||

saṁsārasārasarvasvaṁ   śyāmalaṁ
mahadujjvalam |
ētajjyōtirahaṁ   vandyaṁ   cintayāmi
sanātanam || 16 ||

gauratējō vinā yastu śyāmatējassamarcayēt |
japēdvā dhyāyatē vāpi sa bhavētpātakī śivē ||
17 ||

sa brahmahā surāpī ca svarṇastēyī ca
pañcamaḥ |
ētairdōṣairvilipyēta tējōbhēdānmahīśvari ||
18 ||

tasmājjyōtirabhūddvēdhā
rādhāmādhavarūpakam |
tasmādidaṁ mahādēvi gōpālēnaiva bhāṣitam
|| 19 ||

durvāsasō   munērmōhē   kārtikyāṁ
rāsamaṇḍalē |
tataḥ   pṛṣṭavatī   rādhā   sandēhaṁ

bhēdamātmanaḥ || 20 ||

*nirañjanātsamutpannaṁ   māyātītaṁ
jaganmayam |
śrīkṛṣṇēna tataḥ prōktaṁ rādhāyai nāradāya
ca || 21 ||*

*tatō nāradatassarvaṁ viralā vaiṣṇavāstathā |
kalau jānanti dēvēśi gōpanīyaṁ prayatnataḥ
|| 22 ||*

*śaṭhāya kṛpaṇāyātha ḍāmbhikāya surēśvari |
brahmahatyāmavāpnōti   tasmādyatnēna
gōpayēt || 23 ||*

*ōṁ   asya   śrīgōpālasahasranāmastōtra
mahāmantrasya śrīnārada ṛṣiḥ, anuṣṭup
chandaḥ, śrīgōpālō dēvatā, kāmō bījaṁ, māyā
śaktiḥ, candraḥ kīlakaṁ, śrīkṛṣṇacandra
bhaktirūpaphalaprāptayē
śrīgōpālasahasranāmastōtrajapē viniyōgaḥ |*

*ōṁ aiṁ klīṁ bījaṁ, śrīṁ hrīṁ śaktiḥ, śrī
bṛndāvananivāsaḥ kīlakaṁ, śrīrādhāpriyaṁ
paraṁ   brahmēti   mantraḥ,   dharmādi*

caturvidha puruṣārthasiddhyarthē japē viniyōgaḥ |

nyāsaḥ |
ōṁ nārada ṛṣayē namaḥ śirasi |
anuṣṭup chandasē namaḥ mukhē |
śrīgōpāladēvatāyai namaḥ hṛdayē |
klīṁ kīlakāya namaḥ nābhau |
hrīṁ śaktayē namaḥ guhyē |
śrīṁ kīlakāya namaḥ phālayōḥ |
ōṁ klīṁ kṛṣṇāya gōvindāya gōpījanavallabhāya svāhā iti mūlamantraḥ |

karanyāsaḥ |
ōṁ klāṁ aṅguṣṭhābhyāṁ namaḥ |
ōṁ klīṁ tarjanībhyāṁ namaḥ |
ōṁ klūṁ madhyamābhyāṁ namaḥ |
ōṁ klaiṁ anāmikābhyāṁ namaḥ |
ōṁ klauṁ kaniṣṭhikābhyāṁ namaḥ |
ōṁ klaḥ karatalakarapṛṣṭhābhyāṁ namaḥ |

hṛdayādinyāsaḥ |
ōṁ klāṁ hṛdayāya namaḥ |
ōṁ klīṁ śirasē svāhā |
ōṁ klūṁ śikhāyai vaṣaṭ |
ōṁ klaiṁ kavacāya hum |
ōṁ klauṁ nētratrayāya vauṣaṭ |
ōṁ klaḥ astrāya phaṭ |

mūlamantranyāsaḥ |
klīṁ aṅguṣṭhābhyāṁ namaḥ |
kṛṣṇāya tarjanībhyāṁ namaḥ |
gōvindāya madhyamābhyāṁ namaḥ |
gōpījana anāmikābhyāṁ namaḥ |
vallabhāya kaniṣṭhikābhyāṁ namaḥ |
svāhā karatalakarapṛṣṭhābhyāṁ namaḥ |
klīṁ hṛdayāya namaḥ |
kṛṣṇāya śirasē svāhā |
gōvindāya śikhāyai vaṣaṭ |
gōpījana kavacāya hum |
vallabhāya nētratrayāya vauṣaṭ |
svāhā astrāya phaṭ |

dhyānam |

*phullēndīvarakāntiminduvadanaṁ
barhāvataṁsapriyaṁ
śrīvatsāṅkamudārakaustubhadharaṁ
pītāmbaraṁ sundaram* |
*gōpīnāṁ   nayanōtpalārcitatanuṁ
gōgōpasaṅghāvṛtaṁ
gōvindaṁ   kalavēṇuvādanaparaṁ
divyāṅgabhūṣaṁ bhajē* || 1 ||

*kastūrītilakaṁ   lalāṭaphalakē   vakṣassthalē
kaustubhaṁ
nāsāgrē varamauktikaṁ karatalē vēṇuṁ karē*

kaṅkaṇam |
sarvāṅgē haricandanaṁ ca kalayan kaṇṭhē ca muktāvaliṁ
gōpastrīparivēṣṭitō   vijayatē
gōpālacūḍāmaṇiḥ || 2 ||

ōṁ   klīṁ   dēvaḥ   kāmadēvaḥ
kāmabījaśirōmaṇiḥ |
śrīgōpālō mahīpālō vēdavēdāṅgapāragaḥ || 1 ||

kṛṣṇaḥ   kamalapatrākṣaḥ   puṇḍarīkaḥ
sanātanaḥ |
gōpatirbhūpatiḥ   śāstā   prahartā
viśvatōmukhaḥ || 2 ||

ādikartā mahākartā mahākālaḥ pratāpavān |
jagajjīvō jagaddhātā jagadbhartā jagadvasuḥ || 3 ||

matsyō   bhīmaḥ   kuhūbhartā   hartā
vārāhamūrtimān |
nārāyaṇō hṛṣīkēśō gōvindō garuḍadhvajaḥ || 4 ||

gōkulēśō mahācandraḥ śarvarīpriyakārakaḥ |
kamalāmukhalōlākṣaḥ   puṇḍarīkaḥ

śubhāvahaḥ || 5 ||

*durvāsāḥ   kapilō   bhaumaḥ
sindhusāgarasaṅgamaḥ |
gōvindō gōpatirgōtraḥ kālindīprēmapūrakaḥ
|| 6 ||*

*gōpasvāmī   gōkulēndraḥ
gōvardhanavarapradaḥ |
nandādigōkulatrātā dātā dāridryabhañjanaḥ
|| 7 ||*

*sarvamaṅgaladātā ca sarvakāmavarapradaḥ
|
ādikartā mahībhartā sarvasāgarasindhujaḥ ||
8 ||*

*gajagāmī gajōddhārī kāmī kāmakalānidhiḥ |
kalaṅkarahitaścandrō   bimbāsyō
bimbasattamaḥ || 9 ||*

*mālākāraḥ kṛpākāraḥ kōkilasvarabhūṣaṇaḥ |
rāmō nīlāmbarō dēhī halī dvividamardanaḥ ||
10 ||*

sahasrākṣapurībhēttā mahāmārīvināśanaḥ |
śivaḥ śivatamō bhēttā balārātiprapūjakaḥ ||
11 ||

kumārīvaradāyī ca varēṇyō mīnakētanaḥ |
narō nārāyaṇō dhīrō dharāpatirudāradhīḥ ||
12 ||

śrīpatiḥ   śrīnidhiḥ   śrīmān   māpatiḥ
pratirājahā |
bṛndāpatiḥ   kulaṁ   grāmī   dhāma
brahmasanātanaḥ || 13 ||

rēvatīramaṇō rāmaḥ priyaścañcalalōcanaḥ |
rāmāyaṇaśarīraśca rāmō rāmaḥ śriyaḥpatiḥ
|| 14 ||

śarvaraḥ   śarvarī   śarvaḥ   sarvatra
śubhadāyakaḥ |
rādhārādhayitārādhī rādhācittapramōdakaḥ
|| 15 ||

rādhāratisukhōpētō rādhāmōhanatatparaḥ |
rādhāvaśīkarō rādhāhṛdayāmbhōjaṣaṭpadaḥ
|| 16 ||

rādhāliṅganasammōdō
rādhānartanakautukaḥ |
rādhāsañjātasamprītō
rādhākāmaphalapradaḥ || 17 ||

bṛndāpatiḥ kōkanidhiḥ kōkaśōkavināśanaḥ |
candrāpatiścandrapatiścaṇḍakōdaṇḍabhañjanaḥ
|| 18 ||

rāmō   dāśarathī   rāmō
bhṛguvaṁśasamudbhavaḥ |
ātmārāmō   jitakrōdhō   mōhō
mōhāndhabhañjanaḥ || 19 ||

vṛṣabhānubhavō   bhāvī   kāśyapiḥ
karuṇānidhiḥ |
kōlāhalō halō hālī halī haladharapriyaḥ || 20
||

rādhāmukhābjamārtāṇḍō   bhāskarō   ravijō
vidhuḥ |
vidhirvidhātā varuṇō vāruṇō vāruṇīpriyaḥ ||
21 ||

rōhiṇīhṛdayānandī vasudēvātmajō baliḥ |
nīlāmbarō rauhiṇēyō
jarāsandhavadhō:'malaḥ || 22 ||

nāgō javāmbhō virudō vīrahā varadō balī |
gōpadō vijayī vidvān śipiviṣṭaḥ sanātanaḥ ||
23 ||

paraśurāmavacōgrāhī varagrāhī sṛgālahā |
damaghōṣōpadēṣṭā ca rathagrāhī sudarśanaḥ
|| 24 ||

vīrapatnīyaśastrātā jarāvyādhivighātakaḥ |
dvārakāvāsatattvajñō hutāśanavarapradaḥ ||
25 ||

yamunāvēgasaṁhārī nīlāmbaradharaḥ
prabhuḥ |
vibhuḥ śarāsanō dhanvī gaṇēśō gaṇanāyakaḥ
|| 26 ||

lakṣmaṇō lakṣaṇō lakṣyō
rakṣōvaṁśavināśakaḥ |
vāmanō vāmanībhūtō vamanō vamanāruhaḥ
|| 27 ||

*yaśōdānandanaḥ   kartā
yamalārjunamuktidaḥ |
ulūkhalī mahāmānō dāmabaddhāhvayī śamī ||
28 ||*

*bhaktānukārī   bhagavān
kēśavō:'caladhārakaḥ |
kēśihā madhuhā mōhī vṛṣāsuravighātakaḥ ||
29 ||*

*aghāsuravighātī ca pūtanāmōkṣadāyakaḥ |
kubjāvinōdī   bhagavān
kaṁsamṛtyurmahāmukhī || 30 ||*

*aśvamēdhō vājapēyō gōmēdhō naramēdhavān
|
kandarpakōṭilāvaṇyaścandrakōṭisuśītalaḥ ||
31 ||*

*ravikōṭipratīkāśō vāyukōṭimahābalaḥ |
brahmā   brahmāṇḍakartā   ca
kamalāvāñchitapradaḥ || 32 ||*

*kamalī kamalākṣaśca kamalāmukhalōlupaḥ |
kamalāvratadhārī   ca   kamalābhaḥ
purandaraḥ || 33 ||*

saubhāgyādhikacittaśca   mahāmāyī
madōtkaṭaḥ |
tāṭakāriḥ suratrātā mārīcakṣōbhakārakaḥ ||
34 ||

viśvāmitrapriyō dāntō rāmō rājīvalōcanaḥ |
laṅkādhipakuladhvaṁsī
vibhīṣaṇavarapradaḥ || 35 ||

sītānandakarō rāmō vīrō vāridhibandhanaḥ |
kharadūṣaṇasaṁhārī   sākētapuravāsavān ||
36 ||

candrāvalipatiḥ   kūlaḥ
kēśikaṁsavadhō:'maraḥ |
mādhavō   madhuhā   mādhvī   mādhvīkō
mādhavī vibhuḥ || 37 ||

muñjāṭavīgāhamānō dhēnukārirdaśātmajaḥ |
vaṁśīvaṭavihārī ca gōvardhanavanāśrayaḥ ||
38 ||

tathā tālavanōddēśī bhāṇḍīravanaśaṅkaraḥ |
tṛṇāvartakṛpākārī vṛṣabhānusutāpatiḥ || 39
||

*rādhāprāṇasamō
rādhāvadanābjamadhūtkaṭaḥ |
gōpīrañjanadaivajñaḥ līlākamalapūjitaḥ || 40
||*

*krīḍākamalasandōhō gōpikāprītirañjanaḥ |
rañjakō   rañjanō   raṅgō   raṅgī
raṅgamahīruhaḥ || 41 ||*

*kāmaḥ   kāmāribhaktaśca   purāṇapuruṣaḥ
kaviḥ |
nāradō dēvalō bhīmō bālō bālamukhāmbujaḥ
|| 42 ||*

*ambujō brahmasākṣī ca yōgī dattavarō muniḥ
|
ṛṣabhaḥ parvatō grāmō nadīpavanavallabhaḥ
|| 43 ||*

*padmanābhaḥ   surajyēṣṭhō   brahmā
rudrō:'hibhūṣitaḥ |
gaṇānāṁ trāṇakartā ca gaṇēśō grahilō
grahiḥ || 44 ||*

*gaṇāśrayō   gaṇādhyakṣō
krōḍīkṛtajagattrayaḥ |*

yādavēndrō   dvārakēndrō   mathurāvallabhō
dhurī || 45 ||

bhramaraḥ   kuntalī   kuntīsutarakṣī
mahāmanāḥ |
yamunāvaradātā ca kāśyapasya varapradaḥ ||
46 ||

śaṅkhacūḍavadhōddāmō
gōpīrakṣaṇatatparaḥ |
pāñcajanyakarō rāmī trirāmī vanajō jayaḥ ||
47 ||

phālguṇaḥ   phalgunasakhō
virādhavadhakārakaḥ |
rukmiṇīprāṇanāthaśca
satyabhāmāpriyaṅkaraḥ || 48 ||

kalpavr̥kṣō   mahāvr̥kṣō   dānavr̥kṣō
mahāphalaḥ |
aṅkuśō bhūsurō bhāvō bhāmakō bhrāmakō
hariḥ || 49 ||

saralaḥ śāśvatō vīrō yaduvaṁśaśivātmakaḥ |
pradyumnō balakartā ca prahartā daityahā
prabhuḥ || 50 ||

mahādhanō mahāvīrō vanamālāvibhūṣaṇaḥ |
tulasīdāmaśōbhāḍhyō jālandharavināśanaḥ ||
51 ||

sūraḥ   sūryō   mṛkaṇḍuśca   bhāsvarō
viśvapūjitaḥ |
ravistamōhā vahniśca bāḍabō baḍabānalaḥ ||
52 ||

daityadarpavināśī ca garuḍō garuḍāgrajaḥ |
gōpīnāthō   mahīnāthō
bṛndānāthō:'varōdhakaḥ || 53 ||

prapañcī   pañcarūpaśca   latāgulmaśca
gōmatiḥ |
gaṅgā ca yamunārūpō gōdā vētravatī tathā ||
54 ||

kāvērī narmadā tāpī gaṇḍakī sarayū rajaḥ |
rājasastāmasassattvī sarvāṅgī sarvalōcanaḥ
|| 55 ||

sudhāmayō:'mṛtamayō yōgināṁ vallabhaḥ
śivaḥ |
buddhō buddhimatāṁ śrēṣṭhō viṣṇurjiṣṇuḥ
śacīpatiḥ || 56 ||

vaṁśī vaṁśadharō lōkō vilōkō mōhanāśanaḥ |
ravarāvō ravō rāvō valō vālō valāhakaḥ || 57
||

śivō rudrō nalō nīlō lāṅgalī lāṅgalāśrayaḥ |
pāradaḥ pāvanō haṁsō haṁsārūḍhō
jagatpatiḥ || 58 ||

mōhinīmōhanō māyī mahāmāyō mahāsukhī |
vṛṣō vṛṣākapiḥ kālaḥ kālīdamanakārakaḥ ||
59 ||

kubjābhāgyapradō vīrō rajakakṣayakārakaḥ |
kōmalō vāruṇī rājā jalajō jaladhārakaḥ || 60
||

hārakaḥ sarvapāpaghnaḥ paramēṣṭhī
pitāmahaḥ |
khaḍgadhārī kṛpākārī
rādhāramaṇasundaraḥ || 61 ||

*dvādaśāraṇyasambhōgī śēṣanāgaphaṇālayaḥ |
kāmaḥ śyāmaḥ sukhaśrīdaḥ śrīpatiḥ
śrīnidhiḥ kṛtiḥ || 62 ||*

*harirharō narō nārō narōttama iṣupriyaḥ |
gōpālacittahartā ca kartā saṁsāratārakaḥ ||
63 ||*

*ādidēvō mahādēvō gaurīgururanāśrayaḥ |
sādhurmadhurvidhurdhātā
trātā:'krūraparāyaṇaḥ || 64 ||*

*rōlambī ca hayagrīvō vānarārirvanāśrayaḥ |
vanaṁ vanī vanādhyakṣō mahāvandyō
mahāmuniḥ || 65 ||*

*syamantakamaṇiprājñaḥ   vijñō
vighnavighātakaḥ |
gōvardhanō   vardhanīyō   vardhanī
vardhanapriyaḥ || 66 ||*

*vārdhanyō vardhanō vardhī vardhiṣṇastu
sukhapriyaḥ |
vardhitō   vardhakō   vṛddhō
bṛndārakajanapriyaḥ || 67 ||*

*gōpālaramaṇībhartā sāmbakuṣṭhavināśanaḥ |
rukmiṇīharaṇaprēmā prēmī candrāvalīpatiḥ
|| 68 ||*

*śrīkartā viśvabhartā ca nārāyaṇa narō balī |
gaṇō gaṇapatiścaiva dattātrēyō mahāmuniḥ
|| 69 ||*

*vyāsō nārāyaṇō divyō bhavyō
bhāvukadhārakaḥ |
svaḥśrēyasaṁ śivaṁ bhadraṁ bhāvukaṁ
bhavukaṁ śubham || 70 ||*

*śubhātmakaḥ śubhaḥ śāstā praśastō
mēghanādahā |
brahmaṇyadēvō
dīnānāmuddhārakaraṇakṣamaḥ || 71 ||*

*kṛṣṇaḥ kamalapatrākṣaḥ kṛṣṇaḥ
kamalalōcanaḥ |
kṛṣṇaḥ kāmī sadā kṛṣṇaḥ
samastapriyakārakaḥ || 72 ||*

*nandō nandī mahānandī mādī mādanakaḥ
kilī |*

mīlī hilī gilī gōlī gōlō gōlālayō gulī || 73 ||

guggulī mārakī śākhī vaṭaḥ pippalakaḥ kṛtī |
mlēcchahā kālahartā ca yaśōdā yaśa ēva ca ||
74 ||

*acyutaḥ   kēśavō   viṣṇuḥ   hariḥ   satyō
janārdanaḥ* |
haṁsō nārāyaṇō nīlō līnō bhaktiparāyaṇaḥ ||
75 ||

jānakīvallabhō rāmō virāmō viṣanāśanaḥ |
*siṁhabhānurmahābhānu-
rvīrabhānurmahōdadhiḥ* || 76 ||

*samudrō:'bdhirakūpāraḥ   pārāvāraḥ
saritpatiḥ* |
gōkulānandakārī ca pratijñāparipālakaḥ || 77
||

*sadārāmaḥ   kṛpārāmō   mahārāmō
dhanurdharaḥ* |
parvataḥ parvatākārō gayō gēyō dvijapriyaḥ
|| 78 ||

kamalāśvatarō rāmō rāmāyaṇapravartakaḥ |
dyaurdivō divasō divyō bhavyō bhāgī
bhayāpahaḥ || 79 ||

pārvatībhāgyasahitō bhartā lakṣmīsahāyavān
| [vilāsavān]
vilāsī sāhasī sarvī garvī garvitalōcanaḥ || 80
||

surārirlōkadharmajñō jīvanō jīvanāntakaḥ |
yamō yamāriryamanō yamī yāmavighātakaḥ
|| 81 ||

vaṁśulī   pāṁśulī   pāṁsuḥ
pāṇḍurarjunavallabhaḥ |
lalitā candrikāmālā mālī mālāmbujāśrayaḥ ||
82 ||

ambujākṣō   mahāyakṣō
dakṣaścintāmaṇiprabhuḥ |
maṇirdinamaṇiścaiva kēdārō badarīśrayaḥ ||
83 ||

badarīvanasamprītō vyāsaḥ satyavatīsutaḥ |
amarārinihantā ca sudhāsindhuvidhūdayaḥ ||
84 ||

candrō raviḥ śivaḥ śūlī cakrī caiva gadādharaḥ |
śrīkartā śrīpatiḥ śrīdaḥ śrīdēvō dēvakīsutaḥ || 85 ||

śrīpatiḥ puṇḍarīkākṣaḥ padmanābhō jagatpatiḥ |
vāsudēvō:'pramēyātmā kēśavō garuḍadhvajaḥ || 86 ||

nārāyaṇaḥ paraṁ dhāma dēvadēvō mahēśvaraḥ |
cakrapāṇiḥ kalāpūrṇō vēdavēdyō dayānidhiḥ || 87 ||

bhagavān sarvabhūtēśō gōpālaḥ sarvapālakaḥ |
anantō nirguṇō nityō nirvikalpō nirañjanaḥ || 88 ||

nirādhārō nirākārō nirābhāsō nirāśrayaḥ |
puruṣaḥ praṇavātītō mukundaḥ paramēśvaraḥ || 89 ||

kṣaṇāvaniḥ sārvabhaumō vaikuṇṭhō bhaktavatsalaḥ |

viṣṇurdāmōdaraḥ   kṛṣṇō   mādhavō
mathurāpatiḥ || 90 ||

dēvakīgarbhasambhūtō yaśōdāvatsalō hariḥ |
śivaḥ   saṅkarṣaṇaḥ   śambhurbhūtanāthō
divaspatiḥ || 91 ||

avyayaḥ   sarvadharmajñō   nirmalō
nirupadravaḥ |
nirvāṇanāyakō nityō nīlajīmūtasannibhaḥ ||
92 ||

kalākṣayaśca sarvajñaḥ kamalārūpatatparaḥ
|
hṛṣīkēśaḥ pītavāsā vasudēvapriyātmajaḥ || 93
||

nandagōpakumārāryō navanītāśanō vibhuḥ |
purāṇaḥ   puruṣaśrēṣṭhaḥ   śaṅkhapāṇiḥ
suvikramaḥ || 94 ||

aniruddhaścakradharaḥ
śārṅgapāṇiścaturbhujaḥ |
gadādharaḥ   surārtighnō   gōvindō
nandakāyudhaḥ || 95 ||

bṛndāvanacaraḥ śaurirvēṇuvādyaviśāradaḥ |
tṛṇāvartāntakō bhīmasāhasō bahuvikramaḥ
|| 96 ||

śakaṭāsurasaṁhārī bakāsuravināśanaḥ |
dhēnukāsurasaṁhārī pūtanārirnṛkēsarī || 97
||

pitāmahō gurussākṣī pratyagātmā sadāśivaḥ |
apramēyaḥ   prabhuḥ   prājñō:'pratarkyaḥ
svapnavardhanaḥ || 98 ||

dhanyō mānyō bhavō bhāvō dhīraḥ śāntō
jagadguruḥ |
antaryāmīśvarō   divyō   daivajñō
dēvasaṁstutaḥ || 99 ||

kṣīrābdhiśayanō   dhātā   lakṣmīvān
lakṣmaṇāgrajaḥ |
dhātrīpatiramēyātmā   candraśēkharapūjitaḥ
|| 100 ||

lōkasākṣī jagaccakṣuḥ puṇyacāritrakīrtanaḥ
|
kōṭimanmathasaundaryō
jaganmōhanavigrahaḥ || 101 ||

mandasmitatanurgōpagōpikāparivēṣṭitaḥ |
phullāravindanayanaścāṇūrāndhraniṣūdanaḥ
|| 102 ||

indīvaradalaśyāmō barhibarhāvataṁsakaḥ |
muralīninadāhlādō divyamālāmbarāvṛtaḥ ||
103 ||

sukapōlayugaḥ subhrūyugalaḥ sulalāṭakam |
kambugrīvō   viśālākṣō
lakṣmīvāñchubhalakṣaṇaḥ || 104 ||

pīnavakṣāścaturbāhuścaturmūrtistrivikramaḥ
|
kalaṅkarahitaḥ   śuddhō
duṣṭaśatrunibarhaṇaḥ || 105 ||

kirīṭakuṇḍaladharaḥ kaṭakāṅgadamaṇḍitaḥ |
mudrikābharaṇōpētaḥ kaṭisūtravirājitaḥ ||
106 ||

mañjīrarañjitapadaḥ sarvābharaṇabhūṣitaḥ |
vinyastapādayugalō divyamaṅgalavigrahaḥ ||
107 ||

gōpikānayanānandaḥ
pūrṇacandranibhānanaḥ |
samastajagadānandaḥ   sundarō
lōkanandanaḥ || 108 ||

yamunātīrasañcārī
rādhāmanmathavaibhavaḥ |
gōpanārīpriyō dāntō gōpīvastrāpahārakaḥ ||
109 ||

śṛṅgāramūrtiḥ   śrīdhāmā   tārakō
mūlakāraṇam |
sṛṣṭisaṁrakṣaṇōpāyaḥ
krūrāsuravibhañjanaḥ || 110 ||

narakāsurasaṁhārī murārirvairimardanaḥ |
āditēyapriyō daityabhīkarō yaduśēkharaḥ ||
111 ||

jarāsandhakuladhvaṁsī   kaṁsārātiḥ
suvikramaḥ |
puṇyaślōkaḥ   kīrtanīyō   yādavēndrō
jagannutaḥ || 112 ||

rukmiṇīramaṇaḥ
satyabhāmājāmbavatīpriyaḥ |
mitravindānāgnajitīlakṣmaṇāsamupāsitaḥ ||

113 ||

sudhākarakulē jātō:'nantaḥ prabalavikramaḥ |
sarvasaubhāgyasampannō dvārakāpaṭ-ṭaṇasthitaḥ || 114 ||

bhadrāsūryasutānāthō līlāmānuṣavigrahaḥ |
sahasraṣōḍaśastrīśō bhōgamōkṣaikadāyakaḥ || 115 ||

vēdāntavēdyaḥ saṁvēdyō vaidyō brahmāṇḍanāyakaḥ |
gōvardhanadharō nāthaḥ sarvajīvadayāparaḥ || 116 ||

mūrtimān sarvabhūtātmā ārtatrāṇaparāyaṇaḥ |
sarvajñaḥ sarvasulabhaḥ sarvaśāstraviśāradaḥ || 117 ||

ṣaḍguṇaiśvaryasampannaḥ pūrṇakāmō dhurandharaḥ |
mahānubhāvaḥ kaivalyadāyakō lōkanāyakaḥ || 118 ||

*ādimadhyāntarahitaḥ
śuddhasāttvikavigrahaḥ |
asamānaḥ samastātmā śaraṇāgatavatsalaḥ ||
119 ||*

*utpattisthitisaṁhārakāraṇaṁ sarvakāraṇam
|
gambhīraḥ   sarvabhāvajñaḥ
saccidānandavigrahaḥ || 120 ||*

*viṣvaksēnaḥ   satyasandhaḥ   satyavāk
satyavikramaḥ |
satyavrataḥ   satyarataḥ
satyadharmaparāyaṇaḥ || 121 ||*

*āpannārtipraśamanaḥ
draupadīmānarakṣakaḥ |
kandarpajanakaḥ   prājñō
jagannāṭakavaibhavaḥ || 122 ||*

*bhaktivaśyō   guṇātītaḥ
sarvaiśvaryapradāyakaḥ |
damaghōṣasutadveṣī bāṇabāhuvikhaṇḍanaḥ
|| 123 ||*

*bhīṣmabhaktipradō   divyaḥ
kauravānvayanāśanaḥ |*

kauntēyapriyabandhuśca
pārthasyandanasārathiḥ || 124 ||

nārasiṁhō mahāvīraḥ stambhajātō
mahābalaḥ |
prahlādavaradaḥ satyō
dēvapūjyō:'bhayaṅkaraḥ || 125 ||

upēndra indrāvarajō vāmanō balibandhanaḥ
|
gajēndravaradaḥ svāmī
sarvadēvanamaskṛtaḥ || 126 ||

śēṣaparyaṅkaśayanō vainatēyarathō jayī |
avyāhatabalaiśvaryasampannaḥ
pūrṇamānasaḥ || 127 ||

yōgīśvarēśvaraḥ sākṣī kṣētrajñō
jñānadāyakaḥ |
yōgihṛtpaṅkajāvāsō yōgamāyāsamanvitaḥ ||
128 ||

nādabindukalātītaścaturvargaphalapradaḥ |
suṣumnāmārgasañcārī
dēhasyāntarasaṁsthitaḥ || 129 ||

dēhēndriyamanaḥprāṇasākṣī
cētaḥprasādakaḥ |
sūkṣmaḥ   sarvagatō   dēhī
jñānadarpaṇagōcaraḥ || 130 ||

tattvatrayātmakō:'vyaktaḥ   kuṇḍalī
samupāśritaḥ |
brahmaṇyaḥ sarvadharmajñaḥ śāntō dāntō
gataklamaḥ || 131 ||

śrīnivāsaḥ   sadānandō
viśvamūrtirmahāprabhuḥ |
sahasraśīrṣā   puruṣaḥ   sahasrākṣaḥ
sahasrapāt || 132 ||

samastabhuvanādhāraḥ
samastaprāṇarakṣakaḥ |
samastassarvabhāvajñō
gōpikāprāṇavallabhaḥ || 133 ||

nityōtsavō   nityasaukhyō
nityaśrīrnityamaṅgalam |
vyūhārcitō   jagannāthaḥ
śrīvaikuṇṭhapurādhipaḥ || 134 ||

pūrṇānandaghanībhūtō gōpavēṣadharō hariḥ
|

kalāpakusumaśyāmaḥ   kōmalaḥ
śāntavigrahaḥ || 135 ||

gōpāṅganāvṛtō:'nantō bṛndāvanasamāśrayaḥ
|
vēṇunādarataḥ śrēṣṭhō dēvānāṁ hitakārakaḥ
|| 136 ||

jalakrīḍāsamāsaktō navanītasya taskaraḥ |
gōpālakāminījāraścōrajāraśikhāmaṇiḥ || 137
||

parañjyōtiḥ   parākāśaḥ   parāvāsaḥ
parisphuṭaḥ |
aṣṭādaśākṣarō mantrō vyāpakō lōkapāvanaḥ
|| 138 ||

saptakōṭimahāmantraśēkharō dēvaśēkharaḥ |
vijñānajñānasandhānastējōrāśirjagatpatiḥ ||
139 ||

bhaktalōkaprasannātmā
bhaktamandāravigrahaḥ |
bhaktadāridryaśamanō   bhaktānāṁ
prītidāyakaḥ || 140 ||

*bhaktādhīnamanāḥ   pūjyō
bhaktalōkaśivaṅkaraḥ |
bhaktābhīṣṭapradaḥ
sarvabhaktāghaughanikṛntakaḥ || 141 ||*

*apārakaruṇāsindhurbhagavān
bhaktatatparaḥ || 142 ||*

*[iti śrīrādhikānātha nāmnāṁ sāhasramīritam
|]
smaraṇātpāparāśīnāṁ   khaṇḍanaṁ
mṛtyunāśanam || 1 ||*

*vaiṣṇavānāṁ   priyakaraṁ
mahādāridryanāśanam |
brahmahatyāsurāpānaṁ   parastrīgamanaṁ
tathā || 2 ||*

*paradravyāpaharaṇaṁ
paradvēṣasamanvitam |
mānasaṁ   vācikaṁ   kāyaṁ   yatpāpaṁ
pāpasambhavam || 3 ||*

sahasranāmapaṭhanātsarvē naśyanti tatkṣaṇāt |
mahādāridryayuktō vai vaiṣṇavō viṣṇubhaktimān || 4 ||

kārtikyāṁ yaḥ paṭhēdrātrau śatamaṣṭōttaraṁ kramāt |
pītāmbaradharō dhīmān sugandhī puṣpacandanaiḥ || 5 ||

pustakaṁ pūjayitvā ca naivēdyādibhirēva ca |
rādhādhyānāṅkitō dhīrō vanamālāvibhūṣitaḥ || 6 ||

śatamaṣṭōttaraṁ dēvi paṭhēnnāmasahasrakam |
caitrē kṛṣṇē ca śuklē ca kuhūsaṅkrāntivāsarē || 7 ||

paṭhitavyaṁ prayatnēna trailōkyaṁ mōhayēt kṣaṇāt |
tulasīmālayā yuktō vaiṣṇavō bhaktitatparaḥ || 8 ||

ravivārē ca śukrē ca dvādaśyāṁ śrāddhavāsarē |
brāhmaṇaṁ pūjayitvā ca bhōjayitvā

vidhānataḥ || 9 ||

paṭhēnnāmasahasraṁ ca tataḥ siddhiḥ prajāyatē |
mahāniśāyāṁ satataṁ vaiṣṇavō yaḥ paṭhētsadā || 10 ||

dēśāntaragatā lakṣmīḥ samāyāti na saṁśayaḥ |
trailōkyē tu mahādēvi sundaryaḥ kāmamōhitāḥ || 11 ||

mugdhāḥ svayaṁ samāyānti vaiṣṇavaṁ ca bhajanti tāḥ |
rōgī rōgātpramucyēta baddhō mucyēta bandhanāt || 12 ||

garbhiṇī janayētputraṁ kanyā vindati satpatim |
rājānō vaśatāṁ yānti kiṁ punaḥ kṣudramānuṣāḥ || 13 ||

sahasranāmaśravaṇāt paṭhanāt pūjanāt priyē |
dhāraṇāt sarvamāpnōti vaiṣṇavō nātra saṁśayaḥ || 14 ||

vaṁśīvaṭē cānyavaṭē tathā pippalakē:'tha vā |
kadambapādapatalē śrīgōpālasya sannidhau
|| 15 ||

yaḥ paṭhēdvaiṣṇavō nityaṁ sa yāti
harimandiram |
kṛṣṇēnōktaṁ rādhikāyai tayā prōktaṁ purā
śivē || 16 ||

nāradāya mayā prōktaṁ nāradēna
prakāśitam |
mayā tava varārōhē
prōktamētatsudurlabham || 17 ||

gōpanīyaṁ prayatnēna na prakāśyaṁ
kadācana |
śaṭhāya pāpinē caiva lampaṭāya viśēṣataḥ ||
18 ||

na dātavyaṁ na dātavyaṁ na dātavyaṁ
kadācana |
dēyaṁ śāntāya śiṣyāya viṣṇubhaktiratāya ca
|| 19 ||

gōdānabrahmayajñādērvājapēyaśatasya ca |
aśvamēdhasahasrasya phalaṁ pāṭhē

bhavēddhruvam || 20 ||

mōhanaṁ stambhanaṁ caiva māraṇōccāṭanādikam |
yadyadvāñchati cittēna tattatprāpnōti vaiṣṇavaḥ || 21 ||

ēkādaśyāṁ naraḥ snātvā sugandhadravyatailakaiḥ |
āhāraṁ brāhmaṇē dattvā dakṣiṇāṁ svarṇabhūṣaṇam || 22 ||

tataḥ prārambhakartāsau sarvaṁ prāpnōti mānavaḥ |
śatāvṛtta sahasraṁ ca yaḥ paṭhēdvaiṣṇavō janaḥ || 23 ||

śrībṛndāvanacandrasya prasādātsarvamāpnuyāt |
yadgṛhē pustakaṁ dēvi pūjitaṁ caiva tiṣṭhati || 24 ||

na mārī na ca durbhikṣaṁ nōpasargabhayaṁ kvacit |
sarpādibhūtayakṣādyā naśyantē nātra saṁśayaḥ || 25 ||

śrīgōpālō mahādēvi vasēttasya gṛhē sadā |
yadgṛhē ca sahasraṁ ca nāmnāṁ tiṣṭhati
pūjitam || 26 ||

iti śrīsammōhanatantrē haragaurīsaṁvādē
śrī gōpāla sahasranāma stōtram |

Venkatesha Stotram (Brahmand Puran)

वेङ्कटेशो वासुदेवः प्रद्युम्नोऽमितविक्रमः ।
सङ्कर्षणोऽनिरुद्धश्च शेषाद्रिपतिरेव च ॥ १॥

जनार्दनः पद्मनाभो वेङ्कटाचलवासनः ।
सृष्टिकर्ता जगन्नाथो माधवो भक्तवत्सलः ॥ २॥

गोविन्दो गोपतिः कृष्णः केशावो गरुडध्वजः ।
वराहो वामनश्चैव नारायण अधोक्षजः ॥ ३॥

श्रीधरः पुण्डरीकाक्षः सर्वदेवस्तुतो हरिः ।
श्रीनृसिंहो महासिंहः सूत्राकारः पुरातनः ॥ ४॥

रमानाथो महीभर्ता भूधरः पुरुषोत्तमः ।
चोळपुत्रप्रियः शान्तो ब्रह्मादीनां वरप्रदः ॥ ५॥

श्रीनिधिः सर्वभूतानां भयकृद्ध्वयनाशानः ।
श्रीरामो रामभद्रश्च भवबन्धैकमोचकः ॥ ६॥

भूतावासो गिरावासः श्रीनिवासः श्रियःपतिः ।
अच्युतानन्तगोविन्दो विष्णुर्वेङ्कटनायकः ॥ ७॥

सर्वदेवैकशरणं सर्वदेवैकदैवतम् ।
समस्तदेवकवचं सर्वदेवशिखामणिः ॥ ८॥

इतीदं कीर्तितं यस्य विष्णोरमिततेजसः ।
त्रिकाले यः पठेन्नित्यं पापं तस्य न विद्यते ॥ ९॥

राजद्वारे पठेद्घोरे सङ्ग्रामे रिपुसङ्कटे ।
भूतसर्पपिशाचादिभयं नास्ति कदाचन ॥ १०॥

अपुत्रो लभते पुत्रान् निर्धनो धनवान् भवेत् ।
रोगार्तो मुच्यते रोगाद् बद्धो मुच्येत बन्धनात् ॥ ११॥

यद्यदिष्टतमं लोके तत्तत्प्राप्नोत्यसंशयः ।
ऐश्वर्यं राजसम्मानं भक्तिमुक्तिफलप्रदम् ॥ १२॥

विष्णोर्लोकैकसोपानं सर्वदुःखैकनाशनम् ।
सर्वैश्वर्यप्रदं नृणां सर्वमङ्गलकारकम् ॥ १३॥

मायावी परमानन्दं त्यक्त्वा वैकुण्ठमुत्तमम् ।
स्वामिपुष्करिणीतीरे रमया सह मोदते ॥ १४॥

कल्याणाद्भुतगात्राय कामितार्थप्रदायिने ।
श्रीमद्वेङ्कटनाथाय श्रीनिवासाय ते नमः ॥ १५॥

वेङ्कटाद्रिसमं स्थानं ब्रह्माण्डे नास्ति किञ्चन ।
वेङ्कटेशसमो देवो न भूतो न भविष्यति ॥ १६॥

॥ इति ब्रह्माण्डपुराणे ब्रह्मनारदसंवादे श्रीवेङ्कटेशस्तोत्रं सम्पूर्णम् ॥

Enter Caption

Chaitanya mahaprabhu 108 name

नमस्कृत्य प्रवक्ष्यामि देवदेवं जगद्‍गुरुम् ।
नाम्नामष्टोत्तरशतं चैतन्यस्य महात्मनः ॥ १॥

विश्वम्भरो जितक्रोधो मायामानुषविग्रहः ।
अमायी मायिनां श्रेष्ठो वरदेशो द्विजोत्तमः ॥ २॥

जगन्नाथप्रियसुतः पितृभक्तो महामनाः ।
लक्ष्मीकान्तः शचीपुत्रः प्रेमदो भक्तवत्सलः ॥ ३॥

द्विजप्रियो द्विजवरो वैष्णवप्राणनायकः ।
द्विजातिपूजकः शान्तः श्रीवासप्रिय ईश्वरः ॥ ४॥

तप्तकाञ्चनगौराङ्गः सिंहग्रीवो महाभुजः ।
पीतवासा रक्तपट्टः षड्‍भुजोऽथ चतुर्भुजः ॥ ५॥

द्विभुजश्च गदापाणिः चक्री पद्मधरोऽमलः ।
पाञ्चजन्यधरः शार्ङ्गी वेणुपाणिः सुरोत्तमः ॥ ६॥

कमलाक्षेश्वरः प्रीतो गोपलीलाधरो युवा ।
नीलरत्नधरो रुप्यहारी कौस्तुभभूषणः ॥ ७॥

श्रीवत्सलाञ्छनो भास्वान् मणिधृक्कञ्जलोचनः ।
ताटङ्कनीलश्रीः रुद्र लीलाकारी गुरुप्रियाः ॥ ८॥

स्वनामगुणवक्ता च नामोपदेशदायकः ।
आचाण्डालप्रियाः शुद्धः सर्वप्राणिहिते रतः ॥ ९॥

विश्वरूपानुजः सन्ध्यावतारः शीतलाशायः ।
निःसीमकरुणो गुप्त आत्मभक्तिप्रवर्तकः ॥ १०॥

महानन्दो नटो नृत्यगीतनामप्रियः कविः ।
आर्तिप्रियः शुचिः शुद्धो भावदो भगवत्प्रियाः ॥ ११॥

इन्द्रादिसर्वलोकेशवन्दितश्रीपदाम्बुजः ।
न्यासिचूडामणिः कृष्णः संन्यासाश्रमपावनः ॥ १२॥

चैतन्यः कृष्णचैतन्यो दण्डधृड्गृहस्तदण्डकः ।
अवधूतप्रियो नित्यानन्दषड्भुजदर्शकः ॥ १३॥

मुकुन्दसिद्धिदो दीनो वासुदेवामृतप्रदः ।
गदाधरप्राणनाथ आर्तिहा शरणप्रदः ॥ १४॥

अकिञ्चनप्रियः प्राणो गुणग्राही जितेन्द्रियः ।
अदोषदर्शी सुमुखो मधुरः प्रियदर्शनः ॥ १५॥

अकिञ्चनप्रियः प्राणो गुणग्राही जितेन्द्रियः ।
अदोषदर्शी सुमुखो मधुरः प्रियदर्शनः ॥ १५॥

प्रतापरुद्रसन्त्राता रामानन्दप्रियो गुरुः ।
अनन्तगुणसम्पन्नः सर्वतीर्थैकपावनः ॥ १६॥

वैकुण्ठनाथो लोकेशो भक्ताभिमतरूपधृक् ।
नारायणो महायोगी ज्ञानभक्तिप्रदः प्रभुः ॥ १७॥

पीयूषवचनः पृथ्वी पावनः सत्यवाक्सहः ।
ओड्देशजनानन्दी सन्दोहामृतरूपधृक् ॥ १८॥

यः पठेत्प्रातरुत्थाय चैतन्यस्य महात्मनः ।
श्रद्धया परयोपेतः स्तोत्रं सर्वाघनाशनम् ।
प्रेमभक्तिर्हरौ तस्य जायते नात्र संशयः ॥ १९॥

असाध्यरोगयुक्तोऽपि मुच्यते रोगसङ्कटात् ।
सर्वापराधयुक्तोऽपि सोऽपराधात्प्रमुच्यते ॥ २०॥

फाल्गुनीपौर्णमास्यां तु चैतन्यजन्मवासरे ।
श्रद्धया परया भक्त्या महास्तोत्रं जपन्पुरः ।
यद्यत् प्रकुरुते कामं तत्तदेवाचिराल्लभेत् ॥ २१॥

अपुत्रो वैष्णवं पुत्रं लभते नात्र संशयः ।
अन्ते चैतन्यदेवस्य स्मृतिर्भवति शाश्वती ॥ २२॥

इति सार्वभौम भट्टाचार्यविरचितं
		श्रीगौराङ्गाष्टोत्तरशतनामस्तोत्रं सम्पूर्णम् ।

CHAPTER TWENTY-ONE

Gopal Sahasranam

Oṁ Viṣṇuḥ Viṣṇuḥ Viṣṇuḥ
    Jambūdvīpe
Bhārata-varṣe
Bhārata-khaṇḍe
Āryāvartāntargate
Paścima-baṅgāla-deśe
Kolkātā-nagaraṁ
Uttara 24 -paragaṇā-jilhā
Nimtā-sthānam |
    Mama ātmaja
Suraprasāda-mukherjī-nāmadheyasya
Bhāradvāja-gotrasya |
    Mama janma-janmāntara-samudbhūta
Kāyika-vācika-mānasika
Samasta-pāpa-kṣayārthaṁ
Ahaṅkāra-āvaraṇa-nivṛttyarthaṁ
Citta-śuddhyarthaṁ ca |
    Śrī-parabrahma-svarūpasya
Vrajādhīśasya
Śrī-kṛṣṇasya prītyarthaṁ
Śrī-gopāla-sahasranāma-pāṭhaṁ kariṣye |

Śrī-vṛndāvana-gamana-saubhāgya-siddhyarthaṁ
Śrī-gopāla-sahasranāma-pāṭhaṁ
Śrī-kṛṣṇa-prītyarthaṁ kariṣye |
Oṁ Tat Sat

अस्य श्रीगोपालसहस्रनामस्तोत्रमन्त्रस्य श्रीनारद ऋषिः, अनुष्टुप् छन्दः, श्रीगोपालो देवता, कामो बीजम्, माया शक्तिः, चन्द्रः कीलकम्, श्रीकृष्णचन्द्रभक्तिरूपफलप्राप्तये श्रीगोपालसहस्रनामजपे विनियोगः अथवा ॐ ऐं क्लीं बीजम्, श्रीं ह्रीं शक्तिः, श्रीवृन्दावननिवासः कीलकम्, श्रीराधाप्रियं परं ब्रह्मेति मन्त्रः, धर्मादिचतुर्विधपुरुषार्थसिद्ध्यर्थे जपे विनियोगः ।

करन्यास:

ॐ क्लां अङ्गुष्ठाभ्यां नमः, ॐ क्लीं तर्जनीभ्यां नमः, ॐ क्लूं मध्यमाभ्यां नमः, ॐ क्लैं अनामिकाभ्यां नमः, ॐ क्लौं कनिष्ठिकाभ्यां नमः, ॐ क्लः करतलकरपृष्ठाभ्यां नमः ।

हृदयादिन्यास:

ॐ क्लां हृदयाय नमः, ॐ क्लीं शिरसे स्वाहा, ॐ क्लूं शिखायै वषट्, ॐ क्लैं कवचाय हुम्, ॐ क्लौं नेत्रत्रयाय वौषट्, ॐ क्लः अस्त्राय फट् ।

ध्यानम्

कस्तूरीतिलकं ललाटपटले वक्षःस्थले कौस्तुभं
नासाग्रे वरमौक्तिकं करतले वेणुः करे कंकणम्।
सर्वाङ्गे हरिचन्दनं सुललितं कण्ठे च मुक्तावली
गोपस्त्रीपरिवेष्टितो विजयते गोपालचूडामणिः॥ *
फुल्लेन्दीवरकान्तिमिन्दुवदनं बर्हावतंसप्रियं
श्रीवत्साङ्कमुदारकौस्तुभधरं पीताम्बरं सुन्दरम्।
गोपीनां नयनोत्पलार्चिततनुं गोगोपसङ्घावृतं
गोविन्दं कलवेणुवादनपरं दिव्याङ्गभूषं भजे॥ †

स्तोत्रम्

ॐ क्लीं देवः कामदेवः कामबीजशिरोमणिः।
श्रीगोपालो महीपालः सर्ववेदाङ्गपारगः॥ १॥
धरणीपालको धन्यः पुण्डरीकः सनातनः।
गोपतिर्भूपतिः शास्ता प्रहर्ता विश्वतोमुखः॥ २॥

आदिकर्ता महाकर्ता महाकालः प्रतापवान् ।
जगज्जीवो जगद्धाता जगद्धर्ता जगद्वसुः ॥ ३ ॥
मत्स्यो भीमः कुहूभर्ता हर्ता वाराहमूर्तिमान् ।
नारायणो हृषीकेशो गोविन्दो गरुडध्वजः ॥ ४ ॥
गोकुलेन्द्रो महाचन्द्रः शर्वरीप्रियकारकः ।
कमलामुखलोलाक्षः पुण्डरीकशुभावहः ॥ ५ ॥
दुर्वासाः कपिलो भौमः सिन्धुसागरसङ्गमः ।
गोविन्दो गोपतिर्गोत्रः कालिन्दीप्रेमपूरकः ॥ ६ ॥
गोपस्वामी गोकुलेन्द्रो गोवर्धनवरप्रदः ।
नन्दादिगोकुलत्राता दाता दारिद्र्यभञ्जनः ॥ ७ ॥
सर्वमङ्गलदाता च सर्वकामप्रदायकः ।
आदिकर्ता महीभर्ता सर्वसागरसिन्धुजः ॥ ८ ॥
गजगामी गजोद्धारी कामी कामकलानिधिः ।
कलङ्करहितश्चन्द्रो बिम्बास्यो बिम्बसत्तमः ॥ ९ ॥
मालाकारः कृपाकारः कोकिलास्वरभूषणः ।
रामो नीलाम्बरो देवो हली दुर्दममर्दनः ॥ १० ॥
सहस्राक्षपुरीभेत्ता महामारीविनाशनः ।
शिवः शिवतमो भेत्ता बलारातिप्रपूजकः ॥ ११ ॥
कुमारीवरदायी च वरेण्यो मीनकेतनः ।
नरो नारायणो धीरो राधापतिरुदारधीः ॥ १२ ॥
श्रीपतिः श्रीनिधिः श्रीमान् मापतिः प्रतिराजहा ।
वृन्दापतिः कुलग्रामी धामी ब्रह्म सनातनः ॥ १३ ॥

रेवतीरमणो　　　रामश्चञ्चललक्ष्मारुलोचनः ।
रामायणशरीरोऽयं रामी रामः श्रियःपतिः ॥ १४ ॥
शर्वरः शर्वरी शर्वः सर्वत्र शुभदायकः ।
राधाराधयितो　　राधी　राधाचित्तप्रमोदकः ॥ १५ ॥
राधारतिसुखोपेतो　　　राधामोहनतत्परः ।
राधावशीकरो　　राधाहृदयाम्भोजषट्पदः ॥ १६ ॥
राधालिङ्गनसम्मोहो　　राधानर्तनकौतुकः ।
राधासञ्जातसम्प्रीती　　राधाकामफलप्रदः ॥ १७ ॥
वृन्दापतिः कोशनिधिः कोकशोकविनाशकः ।
चन्द्रापतिश्चन्द्रपतिश्चण्डकोदण्डभञ्जनः　　　॥ १८ ॥
रामो　दाशरथी　रामो　भृगुवंशसमुद्भवः ।
आत्मारामो जितक्रोधो मोहो मोहान्धभञ्जनः ॥ १९ ॥
वृषभानुर्भवो भावः काश्यपिः करुणानिधिः ।
कोलाहलो हली हाली हेली हलधरप्रियः ॥ २० ॥
राधामुखाब्जमार्तण्डो भास्करो रविजो विधुः ।
विधिर्विधाता वरुणो वारुणो वारुणीप्रियः ॥ २१ ॥
रोहिणीहृदयानन्दी　　वसुदेवात्मजो　बली ।
नीलाम्बरो　रौहिणेयो　जरासन्धवधोऽमलः ॥ २२ ॥
नागो नवाम्भो विरुदो वीरहा वरदो बली ।
गोपथो विजयी विद्वान् शिपिविष्टः सनातनः ॥ २३ ॥
पर्शुरामवचोग्राही　वरग्राही　शृगालहा ।
दमघोषोपदेष्टा　च　रथग्राही　सुदर्शनः ॥ २४ ॥

वीरपत्नीयशस्त्राता   जराव्याधिविघातकः।
द्वारकावासतत्त्वज्ञो   हुताशनवरप्रदः॥ २५॥
यमुनावेगसंहारी   नीलाम्बरधरः   प्रभुः।
विभुः शरासनो धन्वी गणेशो गणनायकः॥ २६॥
लक्ष्मणो लक्षणो लक्ष्यो रक्षोवंशविनाशनः।
वामनो   वामनीभूतो   वमनो   वमनारुहः॥ २७॥
यशोदानन्दनः   कर्ता   यमलार्जुनमुक्तिदः।
उलूखली महामानी दामबद्धाह्वयी शमी॥ २८॥
भक्तानुकारी   भगवान् केशवोऽचलधारकः।
केशिहा   मधुहा   मोही   वृषासुरविघातकः॥ २९॥
अघासुरविनाशी   च   पूतनामोक्षदायकः।
कुब्जाविनोदी   भगवान् कंसमृत्युर्महामखी॥ ३०॥
अश्वमेधो वाजपेयो गोमेधो नरमेधवान्।
कन्दर्पकोटिलावण्यश्चन्द्रकोटिसुशीतलः   ॥ ३१॥
रविकोटिप्रतीकाशो   वायुकोटिमहाबलः।
ब्रह्मा ब्रह्माण्डकर्ता च कमलावाञ्छितप्रदः॥ ३२॥
कमला   कमलाक्षश्च   कमलामुखलोलुपः।
कमलाव्रतधारी   च   कमलाभः   पुरन्दरः॥ ३३॥
सौभाग्याधिकचित्तोऽयं महामायी महोत्कटः।
तारकारिः   सुरत्राता   मारीचक्षोभकारकः॥ ३४॥
विश्वामित्रप्रियो दान्तो रामो राजीवलोचनः।
लङ्काधिपकुलध्वंसी   विभीषणवरप्रदः॥ ३५॥

सीतानन्दकरो रामो वीरो वारिधिबन्धनः ।
खरदूषणसंहारी साकेतपुरवासनः ॥ ३६ ॥
चन्द्रावलीपतिः कूलः केशी कंसवधोऽमरः ।
माधवो मधुहा माध्वी माध्वीको माधवो मधुः ॥ ३७ ॥
मुञ्झाटवीगाहमानो धेनुकारिर्धरात्मजः ।
वंशीवटविहारी च गोवर्धनवनाश्रयः ॥ ३८ ॥
तथा तालवनोद्देशी भाण्डीरवनशंखहा ।
तृणावर्तकथाकारी वृषभानुसुतापतिः ॥ ३९ ॥
राधाप्राणसमो राधावदनाब्जमधुव्रतः ।
गोपीरञ्जनदैवज्ञो लीलाकमलपूजितः ॥ ४० ॥
क्रीडाकमलसंदोहो गोपिकाप्रीतिरञ्जनः ।
रञ्जको रञ्जनो रञ्ज्ञो रञ्ज्ञी रञ्ज्ञमहीरुहः ॥ ४१ ॥
कामः कामारिभक्तोऽयं पुराणपुरुषः कविः ।
नारदो देवलो भीमो बालो बालमुखाम्बुजः ॥ ४२ ॥
अम्बुजो ब्रह्मसाक्षी च योगी दत्तवरो मुनिः ।
ऋषभः पर्वतो ग्रामो नदीपवनवल्लभः ॥ ४३ ॥
पद्मनाभः सुरज्येष्ठो ब्रह्मा रुद्रोऽहिभूषितः ।
गणानां त्राणकर्ता च गणेशो ग्रहिलो ग्रही ॥ ४४ ॥
गणाश्रयो गणाध्यक्षः क्रोडीकृतजगत्त्रयः ।
यादवेन्द्रो द्वारकेन्द्रो मथुरावल्लभो धुरी ॥ ४५ ॥
भ्रमरः कुन्तली कुन्तीसुतरक्षी महामखी ।
यमुनावरदाता च काश्यपस्य वरप्रदः ॥ ४६ ॥

शङ्खचूडवधोद्दामो गोपीरक्षणतत्परः ।
पाञ्चजन्यकरो रामी त्रिरामी वनजो जयः ॥ ४७ ॥

फाल्गुनः फाल्गुनसखो विराधवधकारकः ।
रुक्मिणीप्राणनाथश्च सत्यभामाप्रियङ्करः ॥ ४८ ॥

कल्पवृक्षो महावृक्षो दानवृक्षो महाफलः ।
अंकुशो भूसुरो भामो भामको भ्रामको हरिः ॥ ४९ ॥

सरलः शाश्वतो वीरो यदुवंशी शिवात्मकः ।
प्रद्युम्नो बलकर्ता च प्रहर्ता दैत्यहा प्रभुः ॥ ५० ॥

महाधनो महावीरो वनमालाविभूषणः ।
तुलसीदामशोभाढ्यो जालन्धरविनाशनः ॥ ५१ ॥

शूरः सूर्यो मृकण्डश्च भास्करो विश्वपूजितः ।
रविस्तमोहा वह्निश्च वाडवो वडवानलः ॥ ५२ ॥

दैत्यदर्पविनाशी च गरुडो गरुडाग्रजः ।
गोपीनाथो महीनाथो वृन्दानाथोऽवरोधकः ॥ ५३ ॥

प्रपङ्क्षी पञ्चरूपश्च लतागुल्मश्च गोपतिः ।
गङ्गा च यमुनारूपो गोदा वेत्रवती तथा ॥ ५४ ॥

कावेरी नर्मदा तापी गण्डकी सरयूस्तथा ।
राजसस्तामसः सत्त्वी सर्वाङ्गी सर्वलोचनः ॥ ५५ ॥

सुधामयोऽमृतमयो योगिनीवल्लभः शिवः ।
बुद्धो बुद्धिमतां श्रेष्ठो विष्णुर्जिष्णुः शचीपतिः ॥ ५६ ॥

वंशी वंशधरो लोको विलोको मोहनाशनः ।
रवरावो रवो रावो बालो बालबलाहकः ॥ ५७ ॥

शिवो रुद्रो नलो नीलो लाङ्गली लाङ्गलाश्रयः ।
पारदः पावनो हंसो हंसारूढो जगत्पतिः ॥ ५८ ॥
मोहिनीमोहनो मायी महामायो महामखी ।
वृषो वृषाकपिः कालः कालीदमनकारकः ॥ ५९ ॥
कुब्जाभाग्यप्रदो वीरो रजकक्षयकारकः ।
कोमलो वारुणो राजा जलजो जलधारकः ॥ ६० ॥
हारकः सर्वपापघ्नः परमेष्ठी पितामहः ।
खड्गधारी कृपाकारी राधारमणसुन्दरः ॥ ६१ ॥
द्वादशारण्यसम्भोगी शेषनागफणालयः ।
कामः श्यामः सुखः श्रीदः श्रीपतिः श्रीनिधिः कृतिः ॥ ६२ ॥
हरिर्हरो नरो नारो नरोत्तम इषुप्रियः ।
गोपालीचित्तहर्ता च कर्ता संसारतारकः ॥ ६३ ॥
आदिदेवो महादेवो गौरीगुरुरनाश्रयः ।
साधुर्मधुर्विधुर्धाता भ्राता क्रूरपरायणः ॥ ६४ ॥
रोलम्बी च हयग्रीवो वानरारिर्वनाश्रयः ।
वनं वनी वनाध्यक्षो महावन्द्यो महामुनिः ॥ ६५ ॥
स्यमन्तकमणिप्राज्ञो विज्ञो विघ्नविघातकः ।
गोवर्द्धनो वर्द्धनीयो वर्द्धनी वर्द्धनप्रियः ॥ ६६ ॥
वर्द्धन्यो वर्द्धनो वर्द्धी वार्द्धिन्यः सुमुखप्रियः ।
वर्द्धितो वृद्धको वृद्धो वृन्दारकजनप्रियः ॥ ६७ ॥
गोपालरमणीभर्ता साम्बकुष्ठविनाशनः ।
रुक्मिणीहरणः प्रेम प्रेमी चन्द्रावलीपतिः ॥ ६८ ॥

श्रीकर्ता विश्वभर्ता च नरो नारायणो बली।
गणो गणपतिश्चैव दत्तात्रेयो महामुनिः ॥ ६९ ॥
व्यासो नारायणो दिव्यो भव्यो भावुकधारकः।
स्वः श्रेयसं शिवं भद्रं भावुकं भविकं शुभम् ॥ ७० ॥
शुभात्मकः शुभः शास्ता प्रशास्ता मेघनादहा।
ब्रह्मण्यदेवो दीनानामुद्धारकरणक्षमः ॥ ७१ ॥
कृष्णः कमलपत्राक्षः कृष्णः कमललोचनः।
कृष्णः कामी सदाकृष्णः समस्तप्रियकारकः ॥ ७२ ॥
नन्दो नन्दी महानन्दी मादी मादनकः किली।
मिली हिली गिली गोली गोलो गोलालयो गुली ॥ ७३ ॥
गुग्गुली मारकी शाखी वटः पिप्पलकः कृती।
म्लेच्छहा कालहर्ता च यशोदायश एव च ॥ ७४ ॥
अच्युतः केशवो विष्णुर्हरिः सत्यो जनार्दनः।
हंसो नारायणो लीलो नीलो भक्तिपरायणः ॥ ७५ ॥
जानकीवल्लभो रामो विरामो विघ्ननाशनः।
सहस्रांशुर्महाभानुर्वीरबाहुर्महोदधिः ॥ ७६ ॥
समुद्रोऽब्धिरकूपारः पारावारः सरित्पतिः।
गोकुलानन्दकारी च प्रतिज्ञापरिपालकः ॥ ७७ ॥
सदारामः कृपारामो महारामो धनुर्धरः।
पर्वतः पर्वताकारो गयो गेयो द्विजप्रियः ॥ ७८ ॥
कम्बलाश्वतरो रामो रामायणप्रवर्तकः।
द्यौर्दिवो दिवसो दिव्यो भव्यो भाविभयापहः ॥ ७९ ॥

पार्वतीभाग्यसहितो भ्राता लक्ष्मीविलासवान् ।
विलासी साहसी सर्वी गर्वी गर्वितलोचनः ॥ ८० ॥
मुरारिर्लोकधर्मज्ञो जीवनो जीवनान्तकः ।
यमो यमारिर्यमनो यामी यामविधायकः ॥ ८१ ॥
वंसुली पांसुली पांसुः पाण्डुरर्जुनवल्लभः ।
ललिताचन्द्रिकामाली माली मालाम्बुजाश्रयः ॥ ८२ ॥
अम्बुजाक्षो महायक्षो दक्षश्चिन्तामणिः प्रभुः ।
मणिर्दिनमणिश्चैव केदारो बदराश्रयः ॥ ८३ ॥
बदरीवनसम्प्रीतो व्यासः सत्यवतीसुतः ।
अमरारिनिहन्ता च सुधासिन्धुर्विधूदयः ॥ ८४ ॥
चन्द्रो रविः शिवः शूली चक्री चैव गदाधरः ।
श्रीकर्ता श्रीपतिः श्रीदः श्रीदेवो देवकीसुतः ॥ ८५ ॥
श्रीपतिः पुण्डरीकाक्षः पद्मनाभो जगत्पतिः ।
वासुदेवोऽप्रमेयात्मा केशवो गरुडध्वजः ॥ ८६ ॥
नारायणः परंधाम देवदेवो महेश्वरः ।
चक्रपाणिः कलापूर्णो वेदवेद्यो दयानिधिः ॥ ८७ ॥
भगवान् सर्वभूतेशो गोपालः सर्वपालकः ।
अनन्तो निर्गुणोऽनन्तो निर्विकल्पो निरञ्जनः ॥ ८८ ॥
निराधारो निराकारो निराभासो निराश्रयः ।
पुरुषः प्रणवातीतो मुकुन्दः परमेश्वरः ॥ ८९ ॥
क्षणावनिः सार्वभौमो वैकुण्ठो भक्तवत्सलः ।
विष्णुर्दामोदरः कृष्णो माधवो मथुरापतिः ॥ ९० ॥

देवकीगर्भसम्भूतो यशोदावत्सलो हरिः ।
शिवः संकर्षणः शम्भुर्भूतनाथो दिवस्पतिः ॥ ९१ ॥
अव्ययः सर्वधर्मज्ञो निर्मलो निरुपद्रवः ।
निर्वाणनायको नित्यो नीलजीमूतसंनिभः ॥ ९२ ॥
कलाक्षयश्च सर्वज्ञः कमलारूपतत्परः ।
हृषीकेशः पीतवासो वसुदेवप्रियात्मजः ॥ ९३ ॥
नन्दगोपकुमारार्यो नवनीताशनः प्रभुः ।
पुराणपुरुषः श्रेष्ठः शङ्खपाणिः सुविक्रमः ॥ ९४ ॥
अनिरुद्धश्चक्ररथः शार्ङ्गपाणिश्चतुर्भुजः ।
गदाधरः सुरार्तिघ्नो गोविन्दो नन्दकायुधः ॥ ९५ ॥
वृन्दावनचरः शौरिर्वेणुवाद्यविशारदः ।
तृणावर्तान्तको भीमो साहसो बहुविक्रमः ॥ ९६ ॥
शकटासुरसंहारी बकासुरविनाशनः ।
धेनुकासुरसंघातः पूतनारिर्नृकेसरी ॥ ९७ ॥
पितामहो गुरुः साक्षी प्रत्यगात्मा सदाशिवः ।
अप्रमेयः प्रभुः प्राज्ञोऽप्रतर्क्यः स्वप्रवर्द्धनः ॥ ९८ ॥
धन्यो मान्यो भवो भावो धीरः शान्तो जगद्गुरुः ।
अन्तर्यामीश्वरो दिव्यो दैवज्ञो देवतागुरुः ॥ ९९ ॥
क्षीराब्धिशयनो धाता लक्ष्मीवाँल्लक्ष्मणाग्रजः ।
धात्रीपतिरमेयात्मा चन्द्रशेखरपूजितः ॥ १०० ॥
लोकसाक्षी जगच्चक्षुः पुण्यचारित्रकीर्तनः ।
कोटिमन्मथसौन्दर्यो जगन्मोहनविग्रहः ॥ १०१ ॥

मन्दस्मिततमो गोपो गोपिकापरिवेष्टितः ।
फुल्लारविन्दनयनश्चाणूरान्ध्रनिषूदनः ॥ १०२ ॥
इन्दीवरदलश्यामो बर्हिबर्हावतंसकः ।
मुरलीनिनदाह्लादो दिव्यमाल्याम्बराश्रयः ॥ १०३ ॥
सुकपोलयुगः सुभ्रूयुगलः सुललाटकः ।
कम्बुग्रीवो विशालाक्षो लक्ष्मीवान् शुभलक्षणः ॥ १०४ ॥
पीनवक्षाश्चतुर्बाहुश्चतुर्मूर्तिस्त्रिविक्रमः ।
कलङ्करहितः शुद्धो दुष्टशत्रुनिबर्हणः ॥ १०५ ॥
किरीटकुण्डलधरः कटकाङ्गदमण्डितः ।
मुद्रिकाभरणोपेतः कटिसूत्रविराजितः ॥ १०६ ॥
मञ्जीररञ्जितपदः सर्वाभरणभूषितः ।
विन्यस्तपादयुगलो दिव्यमङ्गलविग्रहः ॥ १०७ ॥
गोपिकानयनानन्दः पूर्णचन्द्रनिभाननः ।
समस्तजगदानन्दः सुन्दरो लोकनन्दनः ॥ १०८ ॥
यमुनातीरसञ्चारी राधामन्मथवैभवः ।
गोपनारीप्रियो दान्तो गोपीवस्त्रापहारकः ॥ १०९ ॥
शृङ्गारमूर्तिः श्रीधामा तारको मूलकारणम् ।
सृष्टिसंरक्षणोपायः क्रूरासुरविभञ्जनः ॥ ११० ॥
नरकासुरहारी च मुरारिर्वैरिमर्दनः ।
आदितेयप्रियो दैत्यभीकरश्चेन्दुशेखरः ॥ १११ ॥
जरासन्धकुलध्वंसी कंसारातिः सुविक्रमः ।
पुण्यश्लोकः कीर्तनीयो यादवेन्द्रो जगन्नुतः ॥ ११२ ॥

रुक्मिणीरमणः   सत्यभामाजाम्बवतीप्रियः ।
मित्रविन्दानाग्रजितीलक्ष्मणासमुपासितः   ॥ ११३ ॥
सुधाकरकुले   जातोऽनन्तप्रबलविक्रमः ।
सर्वसौभाग्यसम्पन्नो   द्वारकायामुपस्थितः ॥ ११४ ॥
भद्रासूर्यसुतानाथो   लीलामानुषविग्रहः ।
सहस्रषोडशस्त्रीशो   भोगमोक्षैकदायकः ॥ ११५ ॥
वेदान्तवेद्यः संवेद्यो   वैद्यब्रह्माण्डनायकः ।
गोवर्द्धनधरो   नाथः   सर्वजीवदयापरः ॥ ११६ ॥
मूर्तिमान् सर्वभूतात्मा   आर्तत्राणपरायणः ।
सर्वज्ञः   सर्वसुलभः   सर्वशास्त्रविशारदः ॥ ११७ ॥
षड्गुणैश्वर्यसम्पन्नः   पूर्णकामो   धुरन्धरः ।
महानुभावः कैवल्यदायको लोकनायकः ॥ ११८ ॥
आदिमध्यान्तरहितः   शुद्धसात्त्विकविग्रहः ।
असमानः   समस्तात्मा   शरणागतवत्सलः ॥ ११९ ॥
उत्पत्तिस्थितिसंहारकारणं   सर्वकारणम् ।
गम्भीरः   सर्वभावज्ञः   सच्चिदानन्दविग्रहः ॥ १२० ॥
विष्वक्सेनः सत्यसन्धः सत्यवान् सत्यविक्रमः ।
सत्यव्रतः   सत्यसंज्ञः   सर्वधर्मपरायणः ॥ १२१ ॥
आपन्नार्तिप्रशमनो   द्रौपदीमानरक्षकः ।
कन्दर्पजनकः   प्राज्ञो   जगन्नाटकवैभवः ॥ १२२ ॥
भक्तिवश्यो   गुणातीतः   सर्वैश्वर्यप्रदायकः ।
दमघोषसुतद्वेषी   बाणबाहुविखण्डनः ॥ १२३ ॥

भीष्मभक्तिप्रदो दिव्यः कौरवान्वयनाशनः ।
कौन्तेयप्रियबन्धुश्च पार्थस्यन्दनसारथिः ॥ १२४ ॥

नारसिंहो महावीरः स्तम्भजातो महाबलः ।
प्रह्लादवरदः सत्यो देवपूज्योऽभयङ्करः ॥ १२५ ॥

उपेन्द्र इन्द्रावरजो वामनो बलिबन्धनः ।
गजेन्द्रवरदः स्वामी सर्वदेवनमस्कृतः ॥ १२६ ॥

शेषपर्यङ्कशयनो वैनतेयरथो जयी ।
अव्याहतबलैश्वर्यसम्पन्नः पूर्णमानसः ॥ १२७ ॥

योगेश्वरेश्वरः साक्षी क्षेत्रज्ञो ज्ञानदायकः ।
योगिहृत्पङ्कजावासो योगमायासमन्वितः ॥ १२८ ॥

नादबिन्दुकलातीतश्चतुर्वर्गफलप्रदः ।
सुषुम्णामार्गसञ्चारी देहस्यान्तरसंस्थितः ॥ १२९ ॥

देहेन्द्रियमनःप्राणसाक्षी चेतः प्रसादकः ।
सूक्ष्मः सर्वगतो देही ज्ञानदर्पणगोचरः ॥ १३० ॥

तत्त्वत्रयात्मकोऽव्यक्तः कुण्डलीसमुपाश्रितः ।
ब्रह्मण्यः सर्वधर्मज्ञः शान्तो दान्तो गतक्लमः ॥ १३१ ॥

श्रीनिवासः सदानन्दो विश्वमूर्तिर्महाप्रभुः ।
सहस्रशीर्षा पुरुषः सहस्राक्षः सहस्रपात् ॥ १३२ ॥

समस्तभुवनाधारः समस्तप्राणरक्षकः ।
समस्तसर्वभावज्ञो गोपिकाप्राणवल्लभः ॥ १३३ ॥

नित्योत्सवो नित्यसौख्यो नित्यश्रीर्नित्यमङ्गलः ।
व्यूहार्चितो जगन्नाथः श्रीवैकुण्ठपुराधिपः ॥ १३४ ॥

पूर्णानन्दघनीभूतो गोपवेषधरो हरिः ।
कलापकुसुमश्यामः कोमलः शान्तविग्रहः ॥ १३५ ॥
गोपाङ्गनावृतोऽनन्तो वृन्दावनसमाश्रयः ।
वेणुवादरतः श्रेष्ठो देवानां हितकारकः ॥ १३६ ॥
बालक्रीडासमासक्तो नवनीतस्य तस्करः ।
गोपालकामिनीजारश्चोरजारशिखामणिः ॥ १३७ ॥
परंज्योतिः पराकाशः परावासः परिस्फुटः ।
अष्टादशाक्षरो मन्त्रो व्यापको लोकपावनः ॥ १३८ ॥
सप्तकोटिमहामन्त्रशेखरो देवशेखरः ।
विज्ञानज्ञानसन्धानस्तेजोराशिर्जगत्पतिः ॥ १३९ ॥
भक्तलोकप्रसन्नात्मा भक्तमन्दारविग्रहः ।
भक्तदारिद्र्यदमनो भक्तानां प्रीतिदायकः ॥ १४० ॥
भक्ताधीनमनाः पूज्यो भक्तलोकशिवङ्करः ।
भक्ताभीष्टप्रदः सर्वभक्ताघौघनिकृन्तनः ॥ १४१ ॥
अपारकरुणासिन्धुर्भगवान् भक्ततत्परः ॥ १४२ ॥

॥ फलश्रुतिः ॥

इति श्रीराधिकानाथसहस्रं नामकीर्तनम् ।
स्मरणात् पापराशीनां खण्डनं मृत्युनाशनम् ॥ १ ॥
वैष्णवानां प्रियकरं महारोगनिवारणम् ।
ब्रह्महत्या सुरापानं परस्त्रीगमनं तथा ॥ २ ॥
परद्रव्यापहरणं परद्वेषसमन्वितम् ।
मानसं वाचिकं कायं यत्पापं पापसम्भवम् ॥ ३ ॥

सहस्रनामपठनात् सर्वं नश्यति तत्क्षणात्।
महादारिद्र्ययुक्तो यो वैष्णवो विष्णुभक्तिमान्॥ ४ ॥

कार्तिक्यां सम्पठेद्रात्रौ शतमष्टोत्तरं क्रमात्।
पीताम्बरधरो धीमान् सुगन्धिपुष्पचन्दनैः॥ ५ ॥

पुस्तकं पूजयित्वा तु नैवेद्यादिभिरेव च।
राधाध्यानाङ्कितो धीरो वनमालाविभूषितः॥ ६ ॥

शतमष्टोत्तरं देवि पठेन्नामसहस्रकम्।
तुलसीमालया युक्तो वैष्णवो भक्तितत्परः॥ ७ ॥

रविवारे च शुक्रे च द्वादश्यां श्राद्धवासरे।
ब्राह्मणं पूजयित्वा च भोजयित्वा विधानतः॥ ८ ॥

यः पठेद्वैष्णवो नित्यं स याति हरिमन्दिरम्।
कृष्णेनोक्तं राधिकायै मयि प्रोक्तं पुरा शिवे॥ ९ ॥

नारदाय मया प्रोक्तं नारदेन प्रकाशितम्।
मया त्वयि वरारोहे प्रोक्तमेतत्सुदुर्लभम्॥ १० ॥

गोपनीयं प्रयत्नेन न प्रकाश्यं कथञ्चन।
शठाय पापिने चैव लम्पटाय विशेषतः॥ ११ ॥

न दातव्यं न दातव्यं न दातव्यं कदाचन।
देयं शिष्याय शान्ताय विष्णुभक्तिरताय च॥ १२ ॥

गोदानब्रह्मयज्ञादेवाजिपेयशतस्य च।
अश्वमेधसहस्रस्य फलं पाठे भवेद् ध्रुवम्॥ १३ ॥

एकादश्यां नरः स्नात्वा सुगन्धिद्रव्यतैलकैः।
आहारं ब्राह्मणे दत्त्वा दक्षिणां स्वर्णभूषणम्॥ १४ ॥

तत आरम्भकर्ताऽस्मात् सर्वं प्राप्नोति मानवः।
शतावृत्तं सहस्रं च यः पठेद्वैष्णवो जनः॥१५॥
श्रीवृन्दावनचन्द्रस्य प्रसादात् सर्वमाप्नुयात्।
यद्गृहे पुस्तकं देवि पूजितं चैव तिष्ठति॥१६॥
न मारी न च दुर्भिक्षं नोपसर्गभयं क्वचित्।
सर्पादिभूतयक्षाद्या नश्यन्ति नात्र संशयः॥१७॥
श्रीगोपालो महादेवि वसेत् तस्य गृहे सदा।
गृहे यत्र सहस्रं च नाम्नां तिष्ठति पूजितम्॥१८॥

॥ इति श्रीसम्मोहनतन्त्रे पार्वतीश्वरसंवादे श्रीगोपालसहस्रनामस्तोत्रं सम्पूर्णम् ॥